R. Schubert

Die Gespenster Österreichs

R. Schubert

Die Gespenster Österreichs

ISBN/EAN: 9783741192920

Hergestellt in Europa, USA, Kanada, Australien, Japan

Cover: Foto ©Andreas Hilbeck / pixelio.de

Manufactured and distributed by brebook publishing software
(www.brebook.com)

R. Schubert

Die Gespenster Österreichs

Die

Gespenster Oesterreichs.

Gesammelte Correspondenzen

vom

Jahre 1867 bis auf den heutigen Tag.

Von

R. Schubert,

dem Verfasser von „Was uns Noth thut."

Dritte vermehrte Auflage,

welche ein klares Bild vom trügerischen politischen Gewebe
Europas entwirft.

Bern.

Im Selbstverlage des Verfassers.

1869.

Vorrede.

~~~~

Wenn ich meine gesammelten Briefe vom April d. J. bis Oktober, die bereits in dem Mannheimer Journale erschienen, unter dem Titel „Die österreichischen Gespenster", in einer Broschüre der Oeffentlichkeit übergebe, so hatte der Verfasser keine andere Absicht, als den treu geschilderten Verhältnissen Oesterreichs einen erweiterten Kreis zu verschaffen, und sieht in den Gespenstern bloß die höchsten Regierungs-Organe, die keine andere Aufgabe sich stellten, als in größter Gemüthlichkeit ihre Völker zu zapfen, zu schröpfen und zu verdummen.

Jahrzehnte schmachteten die Völker Oesterreichs unter dem Drucke eines schrecklichen Despotismus, doch unstreitig lag die Hand des Barbarismus am härtesten auf den armen Slaven, denn ihnen wagte man sogar, das heilige natürliche Recht,

„ihre Sprache", zu unterdrücken, denn die österreichische Staats=
weisheit wollte die böhmische Sprache ausrotten. — Ein solches
Hirngespinst muß seinen Richter finden, und dieser Richter ist
die „Zeit".

Ein kluger, hochherziger Staatsmann, für das sich wenig=
stens der österreichische Reichskanzler gerirt, hätte wissen sollen,
zu welchen Scenen, wahrlich erbärmlichen Scenen es im Jahre
1848 im Czechenlande gekommen ist — da war keine preußische
Hand dabei, wie das Beust'sche Organ sich bei den jetzigen Ge=
legenheiten geäußert — als man die emancipirten Juden in
Prag und auf dem Lande plünderte und marterte; Beust hätte
wissen sollen, wie Alles, was einen deutschen Namen führte,
besudelt und begeifert worden ist, und daß der Pöbel zum Zeit=
vertreib dem Deutschen den Cylinder über die Nase getrieben.

Daß diese verarmten, verdummten Czechen heute wie ehe=
dem als Instrumente der engherzigen Agitatoren und Pfaffen
dienen werden, hätte ein Reichskanzler, der es ehrlich mit dem
Volke meint und dem Menschenleben theuer, nicht aus den Au=
gen verlieren dürfen; seine Anstrengungen hätten müssen dahin
gehen — nicht nur das „Eljen" der Ungarn, nicht nur das
„Hoch" der Deutschen, sondern auch das „Slava" der Böhmen
sich zu sichern.

Ein Staatsmann, der mit dem Volke fühlt, hätte den
Druck, die Ignoranz, die Leiden der armen verwahrlosten

Czechen, die als Instrumente benützt werden, sich zu Gemüthe geführt, und Geist und Leben darauf verwendet, um seinen mächtigen Anhang im Herzen der czechischen Bevölkerung zu finden, daß auch sie in ihm einen halben Messias gefunden hätten.

Hätte unser hochweise Staatskanzler berücksichtigt, daß bevor er noch Franz Joseph mit seinem Arm unterstützte — es arme czechische Kinder waren, die zu Tausenden zu den Schlachtbänken Ungarns und Italiens geschleppt wurden, daß arme Czechen Blut und Gut für das Kaiserhaus geopfert — und jene Länder dort, wo die armen Söhne Böhmens verscharrt, — erheben heute stolz ihr Haupt — während Prag unter dem Belagerungszustand seufzt! —

Wer hat dieses Gespenst der Neuzeit heraufbeschworen?

Ein Beust, der engherzigen Agitatoren hat die Thüre offen lassen — gefällt sich nun heute den Czechen den „Herrn" zu zeigen. — Wäre sein Herz von wahrer Menschenliebe durchdrungen, und hätte er auf Menschenleben mehr Gewicht gelegt, als auf einen schnöben Orden eines verhaßten Despoten (Napoleon), er hätte getrachtet, das Herz der armen Bevölkerung Prags zu gewinnen, er hätte gleich einem Gladstone mit dem Volke verkehrt, anstatt den Kaiser während seines Aufenthaltes in Prag zu animiren, einen Rieger und Palacky zur Hoftafel zu laden, ihnen den Hof zu machen, einem Klaudi für seine

Arroganz gegen die Regierung mit einem Orden die Bruſt zu ſchmücken. — Doch Beuſt dachte, wir werden den Mund der armen Czechen mit Kanonen anſtatt des Brodes ſtopfen.

Ich ſchilderte in einer Broſchüre unter dem Titel „Was uns Noth thut" die Lage — ich ſprach mit dem Volke und mit den Leitern der Regierung. Doch die nicht hören, werden bald fühlen.

Der Verfaſſer.

Jahrgang 1867.

~~~~~

Heidelberg, 28. April. Ganz Europa ist in Bewegung, England reformirt, Frankreich armirt, Preußen konstituirt und Oesterreich reparirt. Wahrlich wir gehen einer großartigen Katastrophe entgegen, die jedoch den denkenden Geist nicht überrascht; die Stunde des Eintritts konnte er freilich nicht vorherbestimmen, aber nach dem naturgemäßen Gang der Dinge kann sie ihm nicht unerwartet kommen. Auch unser deutsches Vaterland ist im Zustande neuen gewaltigen Schaffens, doch geht dasselbe mit mächtigen Schritten seiner Wiedergeburt entgegen; konnte auch unsere Nation für ewig zerstückt bleiben? Sollten die Millionen Deutsche, die sich Eines fühlten, die einander verstehen, für immer getrennt bleiben? Keine Minute hat ein für die Wohlfahrt des Vaterlandes empfängliches deutsches Herz je daran gezweifelt, daß eine Stunde kommen muß, wo das geschmähte, gedrückte und zerstückte Deutschland in seinem Stammbaum wieder mächtig zusammenwachsen wird. Der Denker findet den Gang der Ereignisse natürlich, denn ebenso wie der Strom nach langem Laufe mit dem Meere sich vereinigt, so müssen Völker, die eine Sprache und einerlei Sitten haben, auch wenn sie noch so lange getrennt waren, eines Tages in Herz und Geist sich vereinigen —, so verlangt es die Natur und so verlangt es die Ordnung — nur Gewalt und schlechte Politik können eine Nation zeitweise auseinander halten. In dem Kampfe des Lebens und in den allgemeinen Gefahren unserer Tage habe ich mich mit patriotischem Gefühle der Geschichte meines Vaterlandes und namentlich der-

jenigen der neuen Zeit hingegeben. Nur derjenige, der im Auslande gelebt, fühlt die Schmach, welche auf dem gebrochenen
Deutschland lag. Wie oft hört ich sagen: »what country man
is he?« »he is a German!« Mit welcher Verachtung betonte
man in England das Wort »German«. Ein vaterlandsliebend-
des Herz fühlte diese Demüthigung. In solchen Momenten
blickte ich mit sorglichem Blicke in die Zukunft und sagte zu mir:
„wirst du es noch erleben, daß das Volk der herrlichen, deutschen
Auen, unter dem so viele edlen Herzen schlagen, das so viele
große Geister in sich faßt, einst noch den Engländern und Franzosen die stolze Stirne bieten werde? Ich wollte nicht damit
gesagt haben, daß wir mit gezogenen Kanonen gegen dieselben
ziehen sollten, Nein! daß wir als ein freies, einiges, großes
und mächtiges Volk uns ihnen würdig an die Seite stellen könnten, daß der Deutsche, gestützt auf die Anerkennung des mächtigen Schutzes seines Vaterlandes im Auslande die ihm gebührende
Achtung erwarten dürfte. Zur Erfüllung dieses Wunsches kommt
es jetzt; so lange der alte Bund bestand, war dazu freilich keine
Hoffnung. Nur eine mächtige Hand, nur ein tief berechnender
Geist konnte dem zerstückten, unterdrückten Deutschland zu Hülfe
kommen, es von den schweren Fesseln, die seine reichen Hülfs-
quellen darnieder hielten, befreien. Oesterreich mit seinen Kon-
korbats-Polititern, stand der Entwickelung der deutschen Geschicke
hemmend im Wege, sein böser Einfluß auf Deutschland ist nun
beseitigt und freier geht Deutschland seinen Weg vorwärts. Nur
der wahrhaft Denkende, nur derjenige, der nicht in Engherzigkeit
sein Leben dahin fristet, nicht den Beruf allein darin sucht, seinen
Bauch und seine Taschen zu füllen, kann das Werk, welches in
so kurzer Zeit geschaffen und mächtig vor unsern Augen steht,
mit Bewunderung anstaunen. Aber nicht allein der Denker fängt
an mit stolzem Vorgefühl sein deutsches Herz höher schlagen zu
fühlen, das Bewußtsein bald einer wirklich großen Nation anzu-
gehören, wird schon allgemeiner und mit Stolz hört man schon

jetzt daher fließende Ausrufe: „Sollte Frankreich unser Deutsch=
land angreifen, so gehen auch wir mit in's Feld," ist ein oft
geäußerter Ausdruck dieser Gesinnung. Wie hat sich in so kurzer
Zeit die Stimmung geändert; das Volk ist aus seiner Lethargie
erwacht. Man erblickt in der Initiative Preußens den Morgen=
stern eines großen einigen Deutschlands und sowie hier in Hei=
delberg die Gesinnungen bei Vielen umschlugen, so hat überall
mit elektrischer Kraft frohe Hoffnung neu belebt; man spricht
mit Achtung und Stolz von dem Manne, der mit eiserner Hand,
mit eisernem Muthe und mit eisernem Willen den Grundstein
zu Deutschlands Ehre und Deutschlands Größe gelegt. Diese
Bewegung darf uns nicht überraschen, hätten wir den Sturm
nicht erlebt, unsere Nachkommen hätten ihn zu erwarten gehabt.
Auch die Differenz mit Napoleon III. ist nicht unerwartet ge=
kommen. Wer den politischen Begebenheiten der Neuzeit mit
Aufmerksamkeit gefolgt ist, wer genau erwogen, wie und auf
welche Weise Napoleon den Thron Frankreichs an sich gerissen,
wie und auf welche Weise er sich in dem eingeschüchterten Lande
auf dem Thron erhalten, wie er durch den Nimbus schwindeln=
der Größe die Aufmerksamkeit seines Volkes von den inneren
Angelegenheiten wegzulenken wußte, der sah ein, daß früher oder
später darin eine Katastrophe eintreten müßte. Napoleons Stre=
ben war stets dahin gerichtet, durch gewagte kühne Griffe seine
Regierung in Europa gefürchtet zu machen, er hatte stets nur
sein Ich im Auge, das Wohl seines Volkes war ihm Nebensache.
Das französische Volk kam über diese Ansicht immer mehr in's
Reine und eine Gährung, die dem allgemeinen Mißbehagen ent=
sprang, konnte nicht ausbleiben. Wenn jener Mann die Zustände
im Lande morsch werden, im Geiste die Revolution wachsen sieht
gegen einen feindlichen Nachbar, der nie mit Mißgunst die Größe
Frankreichs betrachtet und rüstet, so wird das auch sein Gutes
haben, es wird den Rest kleinlichen Stammhasses austilgen und
Deutschland f r ü h e r vollständig einig machen, als es vielleicht

unter friedlichen Umständen geschehen wäre. Jede Sache hat zwei Seiten. Vielleicht begrüßt der spätere Geschichtschreiber noch dankend die gegebene Gelegenheit. Wir sind gefaßt auf eine stürmische Zukunft, aber wir werden den Sturm ertragen, dessen Resultat ein für das deutsche Vaterland glückverheißendes sein wird.

Heidelberg, 18 Juli. Drei wichtige Persönlichkeiten haben in letzter Zeit gesprochen. Napoleon bei Gelegenheit der Preisvertheilung in der Weltausstellung, der Papst zu seinen versammelten Cardinälen und der große liberale Gladstone bei der letzten Zusammenkunft des Journalisten-Vereins in London, der er präsidirte. Diese drei Reden verdienen wohl einer Beleuchtung und einer vergleichenden Kritik unterzogen zu werden. Napoleon jubelt ob seinem Werke und wagt folgende Worte Angesichts des 19. Jahrhunderts in die Welt zu schleudern: „Wir können stolz darauf sein," sagte er, „den großen Fürsten und den Wißbegierigen das heutige große, gedeihliche und freie Frankreich gezeigt zu haben" und am Schlusse seiner Rede heißt es: „Ich bin durchdrungen, daß endlich die Grundprinzipien der Gesellschaft, die Sittlichkeit und Gerechtigkeit, siegen werden — welche einzig und allein die Stützen der Throne sind und die Völker erheben und veredeln." Worin liegt die Größe Frankreichs? Etwa darin, daß ein Napoleon an der Spitze seiner Geschicke steht? oder versteht er darunter die Vergrößerung durch das erschacherte Savoyen? oder das Verdrängen Preußens aus Luxemburg, oder will er auf das verlassene — Mexiko hinweisen!! Und wo ist das gedeihliche Frankreich zu suchen? Liegt etwa sein Gedeihen in der unermeßlichen Staatsschuld, die das zweite Kaiserreich heranbeschworen? oder liegt etwa das Gedeihen darin, daß Tausende von Familien durch den schwindelnden Luxus bis über den Kopf in Schulden gesteckt wurden, oder liegt etwa das Gedeihen in gezogenen Kanonen und daß die Soldateske die Hauptrolle im Lande spielt? Und nun der dritte seltene Stern — die Freiheit — wo liegt die? Im Grabe! und das 2. Kaiserreich liebt ja so sehr die Freiheit, daß wir hoffen dürfen, es bald mit ihm vereint zu sehen. — In dem Gesagten finden wir wahr diese drei Koryphäen Frankreichs zergliedert, trotzdem Napoleon III. sagte: Wir haben Größe, Gedeihen und Freiheit, und der Schöpfer dieser drei Krondiamanten bin ich. — Nun wenden wir uns zum Papste, auch er jubelt ob seinem Werke, die treuen Anhänger des heiligen Stuhles en masse am 1800ten Todestage Petri um sich versammelt zu sehen — auch er ist durchdrungen, daß die Grundprinzipien, die Sittlichkeit und Gerechtigkeit, endlich siegen werden. — Wir sind einverstanden mit den zwei hohen Rednern, aber sind dieselben auch mit uns einverstanden, daß die Impulse zur Sittlichkeit und Gerechtigkeit — von oben kommen müssen? Kommen sie daher, dann sind die Throne sicher! denn eine sittliche, gerechte Verwaltung veredelt die Nationen, nur auf den Schultern einer freien Nation steht der Thron fest. — Nach den jetzt aber oben herrschenden Prinzipien muß der Thron Frankreichs schwinden und auch der päpstliche Stuhl steht nicht mehr sicher. Stehen deren Regierungen auf dem Boden der Sittlichkeit und Gerechtigkeit, so daß der Zahn der Zeit sie unversehrt lassen kann? Diese Frage zu beantworten, ist nicht schwer. So wie einst Jerusalem, diese heilige Stadt, der Sitz aller Laster und Verbrechen war, so ist es jetzt auch in „Rom" beschaffen. Die Zustände dieser Stadt liegen im Argen. Nur derjenige, der in Rom gelebt und die Familienverhältnisse studiert hat, kann sich von der Demoralisation dieser Stadt einen Begriff machen, und so wie Napoleon gewaltsam sein Auge und Ohr verschließt, um das Schwinden seines Sterns nicht zu sehen und die donnernde Stimme seines Volkes nicht zu hören, — eben so macht es die päpstliche Regierung; jener will sein Land und die Welt mit

Bajonetten, dieser mit allen dem Geiste des Jahrhunderts nicht mehr entsprechenden Institutionen regieren; jener verspricht den Franzosen das Paradies hienieden, dieser malt uns ein Paradies im Jenseits aus, für Beide ist aber der zu zahlende Preis ein hoher. Wenden wir uns zuletzt zu unserm dritten Redner, Glad= stone, auch er jubelt! Ueber was aber jubelt dieser große, freie Britte; er freut sich über den Sieg der Presse, in ihr sieht er das Bollwerk des Staates, in ihr die Veredlerin des Volkes, in ihr die Größe und das Gedeihen aller Unternehmungen. — — Blickt nun auf London und blickt dagegen auf Rom! Dort ist das Wort, dort ist die Presse frei, da nur der Katechismus, dort sucht der Arbeiter sein Brod in der ungehinderten Thätig= keit der Gewerbe und der Fabriken, da verläßt sich das Volk auf die Bitte vor einem Gnadenbild, dort herrscht Thätigkeit und Leben, da Faulheit, von der Hütte bis zum Pallast, dort wird das Geld der Industriethätigkeit gewidmet, hier wird es zur Stütze eines morschen Regierungssystems ausgegeben. So wirkt dort die freie Presse, da der Katechismus. Die freie Presse, sie ist die Kraft des Volkes, die Mutter des Rechts und die Waffe gegen jede Ungerechtigkeit, und sie wird so lange wirken, als die Welt steht, trotz aller ihr entgegengesetzten Hindernisse.

Heidelberg, 2. Aug. „Der Fuchs ändert den Balg und bleibt der alte Schalk" ist ein wahres Sprichwort. Mehr als drei Dutzend Minister leiteten seit dem Jahre 1848 das öster= reichische Kabinet und heute steht dieses Oesterreich, nach so vielen bitteren Erfahrungen, durch die Schuld seiner Minister, am Vorabend seines Verfalls. — Ein Mensch, dessen Lunge krank, wie lange kann er athmen, ein Baum, dessen Wurzel faul, wie lange kann seine Krone grünen? Der Athem einer Regierung ist unstreitig die Finanzkraft und die gesunde Wurzel einer Re= gierung ist das Herz des Volkes. Wie ist Oesterreichs Lunge,

wie Oesterreichs Wurzel? Aufgerieben in seinen Finanzen, ent=
fremdet den Herzen und den Gefühlen seiner Völker, so steht
die Regierung Oesterreichs vor dem Forum Europas. — Die
lang unterdrückten Slaven dürsteten nach diesem Moment und
haben noch nicht die Wirthschaft Windischgrätz's in der Residenz
Libussas vergessen. Juden und Protestanten sehen in dem Ver=
fall des Staates die gerechte mächtige Hand eines höhern Re=
genten, vor dessen Richterstuhle Alle gleich! — Die Wunde
Ungarns ist noch zu frisch, als daß sich solches mit Liebe und
Hingebung an die Brust einer österreichischen Kamarilla drücken
könnte, um sich von da Stärke und Kraft zu holen. — Die
Gräber in Arad, wo ein Bathyani, Kiß ꝛc., 13 edle Magnaten
an einem Tage, nach Haynaus Spruch durch des Henkers Hand
dieser Welt entrissen worden, haben sich noch nicht geschlossen,
das Blut schreit noch um Rache gen Himmel. — Und wie muß
es anderseits einem Regenten zu Muthe sein, der heute den
Boden Ungarns betritt, wo Andrassy gestern verfehmt und heute
Minister ist, wo der geächtete Kossuth, heute der gefeierte Held,
der gepriesene Patriot Ungarns ist. Hier muß ich unwillführlich
mit Schiller ausrufen: „Das größte Wunder über alle Wunder
ist, daß man das alltägliche Wunder für kein Wunder ansieht.“
Bei so viel bitterer Erfahrung will dieses Oesterreich noch immer
mit seinem verknöcherten Prinzipe nicht brechen, will noch immer
nicht seinen so lange schmachtenden Nationen gerecht werden, sucht
und wartet noch immer einen Zeitpunkt ab, um die verrostete
Kette, welche zu sprengen droht, einem neuen Schlosser anzu=
vertrauen, damit sie frisch galvanisirt und endlich noch vergoldet
werde, um die morschen Dauben des österreichischen Fasses fest=
zuhalten. Was hat Oesterreich gethan für seine Völker, seitdem
der despotische Metternich von der politischen Bühne verschwunden?
Einen Advokaten, der selbst auf den Barrikaden gestanden und
das Metternich'sche Werk stürzen half, später aber den Verräther
seines Volkes machte, erhob es zum leitenden Minister und

legte die Zukunft Oesterreichs in seine Hand. Dieser schlaue Advokat „Bach" stand vorerst an der Spitze der damaligen Aula, um dann später auf dem frischen Blut der Studenten sich einen Ministersitz zu küren. Dieser Bach war der Liebling der Kamarilla, der Vertraute des Kaisers und der Protege der Erzherzogin Sophie. Dieser „Haman" Oesterreichs begriff bald seine Stelle, zuerst von den Barrikaden zum Ministertische! Als dieser erreicht war, hieß es, klug sein, coute que coute. Die Klerisei muß ich zu Freunden haben, und hab ich die, dann ist mein einträglicher Posten sicher, und was will ich mehr, die Achtung und die Liebe der Völker wiegen einen solchen Posten nicht auf! so dachte Bach. Kaum Minister, waren der Erzbischof von Wien und alle Bischöfe seine Hausfreunde — „Zang", der damalige Redakteur der „Presse", zur Zeit des einzigen Vertreters des Volkes, dessen Blatt in Wien verboten wurde, und während des Belagerungszustandes nach Brünn übersiedelte, wurde von Bach gekauft. Zang kehrte nach Wien zurück, blies in das Horn des Barrikaden-Ministers, und Bach im Verein mit ihm und dem feilen Hofrath Weiß v. Starkenfels, dem damaligen Stadthauptmann, versuchten mit Erfolg das aufgeweckte Oesterreich wieder in einen sanften Schlaf zu wiegen. Welche Apotheke hat ein besseres Mittel, als die klerikale Küche! Nur diese kann das Volk in einen magnetischen Schlaf wiegen, dachte Bach, und wer von meinem Schlaftrank nicht nimmt, den schicke ich zum Doktor Weiß v. Starkenfels, daß er ihn mit Stahl kurire. — Mit Keckheit begann nun Bach sein Werk. Gleich wie Haman von Ahasverus sich die Juden überantworten ließ, so ließ er sich carte blanche von dem Kaiser Franz Joseph geben, nach Gutdünken das Volk durch das Konkordat an die römische Curie zu verkaufen. Das saubere Werk wurde nach dem Wunsche Bach's ausgeführt, das Volk fing leider zu ermatten an und dessen Gegner konnten triumphiren. Neue Klöster entstanden nach allen Richtungen des Reiches, und die Gesellschaft des heil.

Vinzenz de Paula machte bald ein glänzendes Geschäft mit dem
Herrn Minister; diese letztere übernahm Straf- und Kranken-
anstalten, welche von den Schwestern der christlichen Liebe verwaltet wurden. Nicht genug, daß die Klerisei Macht erhielt,
gesundes Blut krank machen zu helfen, jetzt sollten sie noch ihren
Sack von den ärmsten aller Menschen — von den Sträflingen
und den Kranken — für ihre durstigen Klöster füllen dürfen.
Damit die Herrlichkeit nicht so rasch vergehe, wurden Kontrakte
auf 10 Jahre mit diesen Anstalten geschlossen. Ueber die innere
Wirthschaft Bach's behalte ich mir vor, einen besonderen Artikel
zu schreiben, hier will ich mich nur mit seiner Hauptschöpfung,
dem Konkordat, befassen. Dieses Werk ist weltbekannt und
weltberüchtigt und welche Nachtheile es Oesterreich gebracht, be-
darf wohl keiner Erwähnung. Um dieses als faul erkannte Werk
aus dem Wege zu räumen, braucht das jetzige Ministerium noch
Bedenken. Wo ist nur Oesterreichs ehrlicher Wille? um einmal
dem armen Volke in seinem heißesten Wunsche gerecht zu werden.
Ohne Bedenken hat eine österreichische Politik gehängt und er-
schossen, edle Herzen, die die heiligsten Rechte des Volkes ver-
traten, auf Festungen verbannt, oder gar dem Henker überliefert,
aber um die Klerisei ihres bösen Einflusses machtlos zu machen,
da braucht es Bedenken und zögert. Hat man in Oesterreich noch
einen Moment daran gedacht, um die fetten, reichen Klöster Mölk,
Klosternenburg, Kötwei, Rölauey u. s. w. nur ein wenig zu den
Steuerstaatslasten beizuziehen, um den armen Staatsschatz zu
erleichtern? Woher haben diese Klöster ihre Millionen? haben
sie Handel und Industrie geschützt oder von Indien Gold und
Silber nach Oesterreich geschafft? Nein, wir wissen Alle, woher
ihr Reichthum rührt; sie verdanken ihn der frommen Einfalt
guter Stifter, zum allgemeinen Besten des Landes wird er
nicht verwendet. Wie stünde es mit Oesterreich, wenn nur ein
klein wenig „preußischer" Geist es geleitet hätte. Während
Oesterreich sich vorzugsweise mit seinen Geistlichen und Klöstern

abgegeben hat und dadurch Einfluß im übrigen Deutschland und in Italien zu gewinnen hoffte, hat man in Preußen sein Augenmerk dem Handel und der Industrie zugewendet und wie solche dort unter dem Schutze der Regierung blühen, davon gibt die Stadt Berlin ein beredtes Zeugniß. Der Wohlstand Preußens ist stets gewachsen, da die Regierung ihre Aufmerksamkeit vorzugsweise den national-ökonomischen Zuständen zuwendete, während Oesterreich, das unter seinen Provinzen sieben sogenannte Kornkammern besitzt, successive verarmte. Woran knüpft nun jetzt Oesterreich seine Hoffnung? Oesterreich hofft, früher oder später, durch Preußens Niederlage seine alte Größe wieder zu gewinnen und mit dieser schwindelnden Idee nährt und stützt Napoleon die österreichische Krone. Sollte Oesterreich dieser vagen Idee Napoleons folgen, so kann es an der Gränze seines Seins angekommen sein und böse Früchte für dasselbe herauskommen. So wenig Napoleon in Mexiko etwas zu suchen hatte, so wenig hat er auch in Deutschland etwas zu suchen. Er und Franz Joseph wollen wahrscheinlich Deutschland und Preußen demüthigen, auch um Italiens Hand wird dazu geworben, und dann soll das Gewitter losbrechen. Napoleon möchte gar zu gerne noch einmal mit klingendem Spiel von einem deutschen Feldzug in Paris einrücken, das ist ein leicht erklärlicher Herzenswunsch, dieses sollte seinen Thron und seine Dynastie nochmals verlängern. An diesem Werke wird jetzt eifrig gearbeitet, während der Moniteur — vor Freundschaft und Liebe überströmt. Das morsche Oesterreich und der morsche Thron Napoleons, beide wollen ihre Existenzen durch Preußens Niederlage verlängern. Mögen die deutschen Herzen den jetzigen Moment begreifen und sich bald als Brüder kennen lernen, denn ein kräftig vereintes Deutschland kann eine solche schnöde Eifersuchts-Koalition leicht zertrümmern. Ich muß nur jene Männer bedauern, die Preußen fürchten und hassen und ihm zum Aufbau besserer Zustände nicht die Hand reichen wollen. Ein einiges

Deutschland hat weder nach Außen noch nach Innen etwas zu fürchten.

———————

Heidelberg, 25. Aug. Du herrlich schönes Salzburg, du bist in eine Schmiedewerkstätte umgewandelt worden. Zwei mächtige Meister haben ihre Werkstätte dort errichtet. Franz Joseph brachte seinen Beust als „Amboß" und seinen treuen Metternich als „Hammer", und der „riesenstarke" Napoleon soll so lange hämmern, bis das eisenfeste Preußen platt gehämmert. Der Zweck des Besuches Napoleons in Salzburg ist kein Geheimniß mehr. Franz Joseph hat bewiesen, daß er vergeben kann, mit dem Feinde, mit dem Judas, der ihn mehr als einmal an's Kreuz schlug, hat er sich versöhnt, ihn brüderlich an seine Brust gedrückt und ausgerufen: Alles, Alles will ich vergessen, meinen Bruder, Italien rc. — wenn nur Preußen gedemüthigt wird. Beust und Metternich haben Hand in Hand gearbeitet und es ist ihnen gelungen, ihren Herrn wahrscheinlich wieder einmal auf's Eis zu führen. Ein Metternich führte das Kaiserreich zur Revolution, der zweite Metternich führt den Kaiserstaat zum Grabe. Ist denn wirklich in dem Buche des Schicksals Oesterreichs Untergang geschrieben! — Warum hat sich nicht ein Diplomat gefunden, der Franz Joseph jetzt mit König Wilhelm versöhnt hätte. Warum dort sich aussöhnen und hier nicht. Kann Franz Joseph Slawen, Polen, Ungarn, Kroaten unter einen Scepter schaaren, warum soll König Wilhelm ein Volk, das längst unter einen Scepter gehört, nicht um sich geschaart sehen? Könnte Oesterreich dieser Anschauung Rechnung tragen und solche begreifen, dann stünden Franz Joseph und Wilhelm als starke Freunde zusammen. Aber nein; hier spucken wieder religiöse Einflüsse, das protestantische Preußen darf nicht groß werden. Der Bund mit Frankreich wurde geschlossen, gegen Preußen wird dessen Parole sein, wenn auch ganz verschiedene Zwecke die Theilhaber dabei leiten. Jeder Zug, den Oesterreich

2

seit dem 48r Jahre in seiner Politik gemacht, führte es immer mehr und mehr zu seinem Verfall, dieser Schachzug wird es bald matt machen. Fragen wir nun, wer ist Oesterreichs Verbündeter und welche Macht steht ihm zur Seite, so kommt eine für dasselbe wenig tröstliche Antwort heraus. Auf die moralische Kraft seines Volkes kann Napoleon sich nicht stützen, England macht den Zuschauer, der größte Theil von Italien haßt ihn, von Rußland hat er nie etwas zu hoffen und Amerika hegt tiefen Groll gegen ihn. Diese Eintagsfliege hat sich die österreichische Diplomatie zur Hebung ihres gebrochenen Reiches erkoren. Wie anders stünde Oesterreich in den Augen Europas, wenn König Wilhelm als Freund in Salzburg eingezogen wäre; mit der Allianz Preußens hätte Oesterreich sein schwaches Gebäude stützen können. Deutsche Geldmänner hatten früher Oesterreich eine Stütze geboten, woher soll es aber nun Geld nehmen? Von Frankreich hat es keines zu erwarten. Die französischen Kapitalisten haben noch den mexikanischen Schwindel zu verdauen und werden wohlweislich Oesterreich den Geldmarkt absperren. Wenn es nun zu einem Krieg gegen Deutschland kommt, woher will Oesterreich seine Mittel ziehen. In England kann es keine hundert Gulden placiren. Rußland braucht selbst Geld und russische Kapitalisten haben kein Geld für Oesterreich, im Lande selbst kann Oesterreich weder durch ein freiwillig-gezwungenes noch direktes Zwangsanlehen jetzt Geld sich schaffen. Der Staats-Bankerott ist vor der Thüre. Was hat Napoleon aber aus einem Kriege gegen Deutschland zu hoffen? Nichts Anderes, als daß die Thore hinter ihm abgesperrt werden und es ihm ergeht, wie weiland dem Könige von Griechenland. Die Revolution fängt an zu reisen, eine Schlappe noch und Napoleon ist nicht mehr Herrscher Frankreichs. Nun fragt es sich, soll Deutschland zittern über diese Allianz? Nein, Deutschlands Herzen sollen hoch schlagen, daß ein Napoleon so weit gedemüthigt ist, Oesterreichs Hülfe für seine Pläne zu suchen. Während die

Feinde Preußens von Tag zu Tag weniger werden, wachsen die Feinde Oesterreichs und Frankreichs. In Deutschland begreift man, was von einer österreichisch-französischen Usurpatie zu erwarten wäre, — könnte Franz Joseph und Napoleon sich versöhnen, warum sollten der Norden und Süden Deutschlands nicht alle noch schwebenden Differenzen vergessen und nicht mit Blitzesschnelle sich vereinigen und geschieht dieses, dann o weh Napoleon, o weh Franz Joseph.

Heidelberg, 13. November. Die Franzosen sind also in Rom und Napoleon III. hat die Ehre dort zu kommandiren. Wie sieht es in Rom aus, dem Zankapfel zwischen dem italienischen Volke, das ein natürliches Recht auf seine Hauptstadt hat, und der Verbindung zwischen Unrecht und Gewalt, welche es ihm vorenthält? Nach Berichten, die mir aus der Hand eines Augenzeugen vorliegen, war die Polizeiwirthschaft eine weit fürchterliche in Rom, als in den jetzigen Tagen Windischgrätz's nach der Einnahme von Wien. Rom zählt an 10,000 Geistliche und drei Viertel von ihnen versehen den Dienst der geheimen Spione. In öffentlichen Lokalitäten wagt Niemand ein Wort zu sprechen, auf der Straße durften zwei Freunde nicht länger als 3—4 Minuten stehen bleiben. Zuaven waren an allen wichtigen Punkten postirt, bereit die leiseste Erhebung mit Pulver und Kugel nieder zu donnern, es lag eine solche dumpfe Schwüle über der Stadt, daß Niemand sich ordentlich zu athmen traute, nur in den Vatikan konnte die allgemeine Trauer nicht eindringen und vergaß man dort nicht, welche Annehmlichkeiten eine gute Tafel bietet, der Koch und der Kellermeister hatten ihre Funktionen nicht eingestellt und Aufträge erhalten, bereit zu sein, die französischen Offiziere, in fester Voraussicht deren Besuchs, baldigst zu bedienen. Die Erhebung in Rom war unter solchen Umständen eine Unmöglichkeit geworden und doch

wird in französischen Journalen in die Welt hinausposaunt,
welcher Jubel in Rom beim Einzuge der Franzosen gewesen
wäre! Streut nur immer fort Salz in die Augen, Salz schadet
nicht, es beißt blos für den Augenblick, um später klarer sehen
zu lassen. Selbst die Konservativen, an ihrer Spitze Herr Ca-
valetti, Senator von Rom, überreichten dem Papste eine Petition
mit 12,000 Unterschriften versehen, durch eine italienische
Besatzung sie von den traurigen Zuständen der Unsicherheit zu
befreien. Wie ihnen geantwortet wurde, weiß man. Sind denn
die Einwohner Roms nicht auch Glieder der italienischen Familie,
muß man fragen, und haben die Römer mehr Herz, mehr Liebe
für Napoleon als für ihre Nation? Wie kann es der Moniteur
wagen, mit ruhiger Stirn den Jubel beim Einzuge der Franzosen in Rom zu schildern. Geistliche im Verein mit der Polizei
gingen von Haus zu Haus und befahlen unter Strafandrohung
die Häuser zu schmücken beim Einzuge der Franzosen, manch'
Stückchen des Peterspfennig wurde unter Gesindel vertheilt, daß
es sein Evviva schreie. Wenn der Römer, der unter langjähriger
Geistesknechtung die eigentliche Energie und den wahren Muth
nicht mehr besitzt, zum Theile nichts Eiligeres zu thun wußte,
als sein Haus für die Franzosen zu putzen, soll sich der geistige
Mensch über diesen Kleinmuth wundern, waren doch die Franzosen von heute mehr eingeschüchtert, als die nun so lange unterdrückten Römer sind. Kann ein französisches Volk einem Napoleon
nach so vieljährigen Kämpfen, Arsenale, Flotten und eine halbe
Million bewaffneter Männer ohne Verantwortlichkeit zur Disposition stellen, daß derselbe nach Rechts und Links ziehen kann,
ohne sein Volk zu fragen, und die Franzosen haben keinen Muth,
ihm ein Halt zuzurufen, wie sollten die Römer unter der Masse
der Bewaffneten den Muth besitzen — ihre Häuser nicht zu de-
toriren für den Erlöser Napoleon. Und doch gibt es in Rom
Hunderte Häuser (das ist Fakta), in denen förmlich um das
Schicksal Garibaldis getrauert wird; „der König hat ihn schänd-

lich betrogen!" geht es von Mund zu Mund. Es heißt: Warum
hat der Papst die Polen in ihren Nationalitätsbestrebungen,
wenigstens moralisch, unterstützt, allein weil sie den anders-
gläubigen Russen gegenüber standen? Sollten denn die gleichen
Bestrebungen der Römer verdammt sein, gehören sie nicht auch
zum großen Körper? Hat Napoleon, ein einzelner Mensch, das
Recht der Abstimmung und soll dasselbe einer Nation unter-
sagt sein? Laßt abstimmen und wir wollen sehen, ob die Römer
nicht nach der Nationaleinheit verlangen, oder ob sie wollen
ferner von Priestern regiert werden! In den Jahren 1830,
1848 und 1863 haben sich die Polen erhoben und im Jahre
1849 die Römer, warum hat Napoleon das suffrage univer-
selle nicht auch hier verwenden lassen, um diesen armen Ge-
drückten durch unparteiische Abstimmung zur Erfüllung ihrer
Wünsche um Freiheit und Unabhängigkeit zu verhelfen. So
kräftig die Geistlichkeit die polnische Insurrektion unterstützt hat,
eben so sollte sie nicht gegen die Bestrebungen der Römer sein,
die nichts anderes als italienisch werden wollen. Nicht die Kirche
wollen sie stürzen, nicht den Papst entthronen, die Kirche Christi
hätte gewonnen, wenn der Stuhl Petri in der Hauptstadt des
freien Italiens geprangt hätte, der Papst hätte in den Augen
der freisinnigen Welt gewonnen, wenn er hinsichtlich der weltlichen Herrschaft ein Beispiel der Demuth gegeben hätte. Französische Bajonette müssen sie erhalten, wer frei und ehrlich denkt,
wendet sich von einem Throne, der nur auf Bajonette sich stützt.
Die Stimmung in Italien ist eine schreckliche; früher war es
allein Unzufriedenheit, allein Unzufriedenheit bringt nicht immer
Gefahr, aber jetzt wächst der Lebensüberdruß, man fürchtet in's
französisch-österreichische Joch zurückzukehren und es bereitet sich
eine Katastrophe vor, welche aber eher in Florenz als in Rom
ausbrechen wird. Das sind die Früchte der Haltung Viktor
Emanuels nach langjährigen Kämpfen; früher war die Liebe des
Volkes sein Wächter, heute sind es ebenfalls französische Baje-

nette. O, Cavour, nie mehr als jetzt ist dein frühes Ende zu betrauern, unter deiner Leitung der italienischen Geschicke wäre heute kein Napoleon in Rom!

***

Heidelberg, 26. November. Die Rede des Kaisers Napoleon ist bereits von fast sämmtlichen Organen der Presse durchsiebt worden, erlauben Sie Ihrem Correspondenten, den ein Unwohlsein verhinderte, diese Rede frisch gebacken zu genießen, seine Ansicht ebenfalls, wenn auch nachträglich, auszusprechen. Wahrlich die Zeit ist vorüber, wo die Welt lechzte und dürstete, bis der große Napoleon den Mund öffnete, heute legt dieselbe mehr Gewicht auf Bismarcks Schweigen, als auf Napoleons Reden. Jeder denkende Politiker konnte dießmal auch an den Fingern die Punkte herabzählen, die Napoleon uns auftischen konnte, mußte oder würde. Wir wußten, er wird über Mexiko und das Schicksal Maximilians den Schleier ziehen, wir wußten er wird die Schuldenlast, die das zweite Kaiserreich heraufbeschworen, nicht berühren, wir wußten, er muß und wird die römische Expedition zu beschönigen suchen. Nun, sollen wir denken, die Rede Napoleons sei klar, präcis, herzig und treu, wie sie einem Manne geziemt, der über das Wohl und Wehe von Millionen Menschen zu gebieten hat, oder sollen wir Deutsche wirklich Ursache haben, nach dieser Thronrede Augen und Ohren zu verschließen, um unserem freundlichen Nachbar zu glauben, daß es sein sehnlichster Wunsch ist, ein einiges, großes, freies Deutschland und ein einiges, großes Italien neben sich aufblühen zu sehen?! Ich will als Cosmopolitiker, ohne tief zu gehen, ohne die Gedanken aus dem innersten Winkel des Gehirns zu holen, die Worte des Kaisers nach meinen Ansichten prüfen. In dessen Rede heißt es vorerst: „Die auswärtige Politik gestattet uns, unsere ganze Sorge den innern Verbesserungen zu widmen." Während Napoleon diese Worte vor den Repräsentanten Frankreichs gesprochen, werden die größten Anstrengungen in Rom und Civita-Vecchia gemacht, um diese beiden Positionen zu befestigen. Erst kürzlich wurden für circa 32,000 Scudi Holzeinkäufe gemacht, dieses Holz wird zu Pallisaden verwendet, welche längs der Mauern errichtet werden, für den Fall, daß es den Italienern wieder einfallen sollte, ihr heiliges Recht zu beanspruchen und dann die Mordinstrumente, von den Pallisaden geschützt, ihnen leichter antworten können. Ist dieses vielleicht ein Theil der inneren Verbesserungen? Gleich weiter in der Rede heißt es: „Die Lage ist ohne Zweifel nicht frei von Verlegenheiten." So einfach dieser Satz klingt, so groß und schwer ist indessen dessen Bedeutung. Ist es denn die Nation vielleicht, die ihm Verlegenheiten verursacht, oder ist es der mit Gewalt auf dem Throne sitzende Napoleon, welcher der Nation und der Welt Verlegenheiten ohne Aufhören bereitet. Ein Mann ohne Prinzip und voll von Widersprüchen, ein Mann, dem nichts heilig ist, als sein eigenes Interesse, was kann der von der Welt und was kann die Welt von ihm erwarten?? Willst du, großer Kaiser, keine Verlegenheiten, ich will dir rathen, ich will dir helfen. — Gib deinem Volke das, was es bereits längst verdient, mit edlem Blute bezahlt hat. Hast du nicht einst selbst für Menschenrechte eingestanden, standest du nicht selbst früher an der Spitze der Revolution, trugst du zum Sturze Ludwig Philipps nicht in Schrift und in Wort bei; früher gegen Despotismus gekämpft, und jetzt gefällst du dir in der Rolle des Selbstherrschers, unterdrückst die Presse, behandelst die Nation, deren republikanische Staatsform du in den Händen Cavaignacs beschworst, als unmündige Kinder, duldest keine Versammlung deiner Bürger, unterhältst ein Spionirsystem, wie es nie in Frankreich bestanden. Ich frage dich nun, großer Kaiser, wer ist die Ursache der Verlegenheiten? Hätte Herr Napoleon, anstatt wieder Millionen auf den römischen Zug zu verwenden, um dasjenige künstlich zu erhalten, worüber die Vernunft längst ge-

richtet, diese Millionen seinen armen nothleidenden Parisern und
sonstigen Arbeitern gegeben, so hätte er wenigstens eine Ver=
legenheit weniger. Weiter heißt es in der Rede: „Die ver=
flossene Zeit hat meine Ueberzeugung von der Nützlichkeit der
Reformen· nicht geändert." Während der Kaiser von Reform
spricht, wird ein Corporal des 31. Linienregiments am selben
Tage, in Gegenwart aller seiner Cameraden, degradirt und
dem Justizminister zur Verfügung gestellt. Warum? Weil er
in öffentlicher Versammlung die römische Expedition verdammte,
also das aussprach), was Hunderttausende mit ihm denken. Gleich
weiter in der Rede heißt es: „Ohne Zweifel setzt die Ausübung
dieser neuen Freiheiten die Geister Aufregungen und gefährlichen
Verlockungen aus, (hierbei hatte er die Straßburger Affaire
wohl ganz vergessen), aber um ihnen diese Macht zu nehmen,
meint der Kaiser, baue ich auf den guten Sinn des Landes,
(soll wohl heißen, auf die Wenigen, die über die römische Ex=
pedition Halleluja rufen!) den Fortschritt der öffent=
lichen Meinung, (die sich nicht darüber aufhalten soll, daß
der obscönen Tänzerin jenes Cafe=Chantant, die dem Kaiser
manchmal die düstere Laune verscheuchen sollte, 60,000 Franken
jährlich gegeben, während viele Gelehrte schmachten), die Festig=
keit des Gegendruckes, (fusil Chassepot), die Energie und
das Ansehen der Behörden! (Wie freilich viele, gerade nicht Bos=
hafte, heute denken, solle solches mit andern deutlichen, in die
verständigeren Worte übersetzt werden: Ich baue auf meine
600,000 Soldaten!) Ob das Material das Napoleon zum Bau
des zweiten Kaiserreiches verwandte, ein gutes Material ist,
wird uns die Zeit, vielleicht schon die allernächste Zukunft lehren.
— In meinem Nächsten noch ein Weiteres über die „berühmte"
Rede. —

Heidelberg, 27. November. In der Rede des Kaisers
Napoleon, die zu einer Fülle von Betrachtungen der verschie=

densten Art Veranlassung bietet, heißt es weiter: „Schreiten wir daher fort in dem Werke, welches wir seit 15 Jahren mit einander unternommen, unser Gedanke war stets derselbe, er=haben über Streitigkeiten und feindselige Leidenschaften, unsere Grundgesetze zu erhalten, welche die Volksabstimmung geheiligt hat, aber zu gleicher Zeit unsere freisinnigen Institutionen zu entwickeln, ohne das Prinzip der Autorität zu schwächen." Sind diese Worte nicht eine wahre Ironie für jeden Gebildeten? Ein Napoleon zeichnet sich selbst als erhaben über alle Streitig=keiten, erhaben über feindselige Leidenschaften, während so frisch noch das römische Blut vor uns liegt und die Luxemburger Frage noch das Kind nicht vergessen hat. Napoleon spricht von gehei=ligter Volksabstimmung. Er hat freilich eine neue Aera der Politik geschaffen. Zuvor wurde die Stadt Paris niedergedonnert, die schlafenden Deputirten festgenommen und deportirt, dann wurde er Diktator und, umgeben von Bajonetten, läßt er ab=stimmen: Wollt ihr einen Kaiser und wollt ihr mich dazu! Zu=erst geht man nach Rom, schlachtet eine ansehnliche Zahl Ita=liener, dann will man von einer Konferenz den Akt geheiligt erhalten. Leopold, König der Belgier, als die Revolution los=brach und er die Volksdeputation empfing, nahm seine Krone und seinen Scepter, legte sie vor dieselbe und sagte: „Hier habt ihr Krone und Scepter, wenn ihr mich als euern König nicht mehr mögt, ich gehe. So sprach ein Mann von Herz; wie Leopold von seinen Bürgern bis zum letzten Athemzuge geachtet und geliebt war, das ist weltbekannt. Besitzt Napoleon Thron= und Scepter Frankreichs in gleicher Weise wie Leopold, kann man bei ihm auch von einer geheiligten und durch spätere Er=eignisse sanktionirten Abstimmung sprechen? Am Schlusse der Rede heißt es: „Seien Sie versichert, ich werde die mir anver=traute Macht fest und hoch halten, denn die Hindernisse oder unberechtigten Widersetzlichkeiten werden weder meinen Muth noch meinen Glauben an die Zukunft erschüttern." Hier, zum

Schluſſe, ſpricht der Kaiſer der Franzoſen kategoriſch mit ſeinem
Volke, ich habe dafür geſorgt, euern Anforderungen entgegen=
treten zu können, Barrikaden könnt ihr keine bauen, denn eure
Straßen haben Asphalt und keine Steine, und meine Boulevards
habe ich für euer Geld ſo herrichten laſſen, daß ein Auflauf,
auch von 100,000 Menſchen, mit ein paar Kanonen bemeiſtert
wird, — das mögen ſo ungefähr die napoleoniſchen Auslegungen
ſein, die Macht der Gewalt iſt der Muth, die Hoffnung auf
ihren dauernden Einfluß, der Glaube an die Zukunft. Unter
dem Talisman Beider glaubt Napoleon Frankreich und die Welt
zu meiſtern. Ein Mittel gibt es nur, um Frankreich und Europa
die Ruhe und den Frieden zu ſichern. Wir dürfen dieſen großen
Napoleon nur nicht in Verlegenheiten ſetzen, deßhalb ein
Univerſelles Amen konſtituiren. Geht der Kaiſer nach Mexiko,
braucht Menſchen und Millionen, ſo müſſen ſeine Franzoſen
ſagen, was unſer Kaiſer thut, iſt wohlgethan, Amen! und die
Amerikaner dazu den Segen ſprechen. Verſchwendet der Kaiſer
Millionen in Arſenalen und Zerſtörungswerkzeugen, müſſen die
Franzoſen abermals ihr Amen ſagen. Geht er nach Rom, dann
muß ein herziges Amen folgen und die Italiener dazu rufen:
Nous marchons d'accord. Will er Luxemburg, will er ein ge=
theiltes Deutſchland, ſo ſollen Alle Amen ſagen. Geſchieht
ſolches, iſt der große Kaiſer ohne Verlegenheiten, dann iſt es
leicht möglich Ruhe mit ihm und für ſich zu haben. Freilich,
will aber die Welt nicht auf's Amen=Sagen ſich mehr ſo geduldig
einlaſſen, kann ſie daher keine Ruhe finden, ſo iſt Napoleon
nicht Schuld daran. Schreiber dieſer Zeilen wünſcht der Welt
den heiligen Frieden und ſeine Früchte, jedoch vor Allem wünſcht
derſelbe, daß man nicht ſchlafe, Deutſchlands Einheit beſchleunige
und nicht verkenne, daß das begonnene Werk Bismarks ein
großes iſt. Von der Größe und Stärke Deutſchlands, nicht vom
Amenſagen, hängt die zukünftige Ruhe Europas ab!

Jahrgang 1868.

Prag, 25. April. Wie herrlich, wie schön sieht sich so manches Bild von der Ferne an, während die Nähe sogleich den groben Pinsel und die ordinäre Farbenmischung verräth. Mit einem solchen Bild ist das heutige Oesterreich zu vergleichen. Wie oft hörte ich, als ich noch jenseits der Gränze war: O! Oesterreich ist jetzt glücklich, erfreut sich der freiesten Konstitution, Handel und Industrie ist jetzt in der größten Blüthe und nirgends in Deutschland blüht jetzt so das Geschäft, als in dem freien Oesterreich. Wahrlich mit Vergnügen nahte ich mich dem Lande, dem Lande, das mich verbannt, wo einst meine Wiege stand, wo die Asche meiner theuern Eltern ruht, wo so manches theuere Herz noch schlägt. Doch wie bitter entnüchtert war ich, als mich die Mauern Prags umgaben, und wie groß enttäuscht war ich, als ich in die inneren Verhältnisse eindrang. Siebzehn Jahre sind es, daß ich den alten Hradschin nicht mehr gesehen; wohl hat während dieser Zeit so manches sich geändert, manches stattliche Gebäude ist emporgestiegen, der Moldauquai überraschend schön mit seinen herrlichen Gebäuden, aber die Nation, die in diesen Mauern wohnt, ist nicht nur dieselbe, ja sie scheint fast um hundert Jahre zurückgegangen zu sein. Die berühmte Altstädter Uhr — die bereits ein Menschenalter stille gestanden — ist wieder im Gange, es hat sich vor drei Jahren ein Meister gefunden, um dieses Kunstwerk wieder herzustellen; aber bis jetzt hat sich noch kein Künstler dazu gefunden, um die Ultra-Czechen, diese verknöcherte Bevölkerung, auf gesündere moralische

Füße zu stellen. Wer immer in einem Keller sitzt — sieht die
Finsterniß nicht; wer aber von der hellen Straße in den Keller
tritt, der empfindet die Finsterniß. Ich will nicht sagen, wer,
wie ich, von England nach Prag kommt, sondern derjenige, der
von dem herrlichen, großen Deutschland jetzt nach Prag kommt,
wird und muß empfinden, wie traurig, wie dunkel, wie elend
dieses Stück Oesterreich ist, wird sich glücklich schätzen, in Deutsch=
land zu wohnen und wird tief bedauern die armen Deutschen,
auf diesem Boden. Ich kam mit dem frühen Morgen nach Prag,
kehrte zu meinem Glücke in einem Hotel ein, dessen Wirth ein
ächt gut deutsches Herz hat, und hier wußte ich noch nicht, welche
Schwüle hier wohnt. Als ich kurz darauf mein Hotel verließ
und mich in ein Café begab, es war das Café Français, setzte
ich mich an einen Tisch, grüßte die anwesenden Herren mit einem
freundlichen „Guten Morgen", erhielt aber anstatt eines höflichen
Dankes Blicke, die mich zu durchbohren schienen. Im ersten
Augenblick war ich frappirt, wie aber das böhmische Geplauder
losging, wußte ich, wo ich bin. Ich raffte mich zusammen; da
ich Böhmisch sehr gut sprach, holte ich aus der Rumpelkammer
meines Wissens es heraus und fing an Böhmisch zu sprechen.
Jetzt erhielt ich doch von Zeit zu Zeit eine Antwort, hie und
da einen freundlichen Gesichtsstrahl, aber weil meine Züge nicht
markirte slavische sind, konnte ich mich, selbst mit dem Gebrauch
der böhmischen Sprache, doch nicht eines vollkommen offenen
Entgegenkommens erfreuen. Wenn ich die grellste Farbe nehme,
das schrecklichste Wort aus dem Alphabet zusammenstelle, bin ich
doch nicht im Stande, den Haß der Slaven gegen alles, was
deutsch ist, zu schildern. — Hand in Hand geht jetzt diese Partei
mit den Klerikalen, und alle Ultra=Organe arbeiten darauf hin,
das Ministerium Beust zu stürzen. Ich verschaffte mir mit
meiner böhmischen Sprache Eingang in die Ultra=Clubs, dort
hörte ich böhmische Weisheit, die schaudern macht; jetzt, wo das
Brestlische Finanzprojekt an der Tagesordnung ist, wird von

Allem, was Slave heißt, gegen diesen Brestl gedonnert, als wenn derselbe die niederträchtige Staatswirthschaft allein eingeleitet hätte. Den Banquerott wollen sie, die Güter der Klerikalen erklären sie für unantastbar, das Konkordat — so hörte ich von einem Ausschuß — ist Nebensache, erst muß die nationale Frage in Oesterreich entschieden werden. Die Klerikalen predigen von den Kanzeln die Vernichtung dieser schlechten Welt, worunter sie das Ministerum Herbst-Giskra verstehen, mit einem Wort, schwarze Wolken hängen über Oesterreich, hier, im Centrum von Böhmen, kann man sich einen wahren Begriff von dem Wirken dieser schwarzen Partei machen. In meinem Nächsten mehr.

Prag, 26. April. Was ich Ihnen in meinem Letzten schrieb, das ist das Verhältniß im Allgemeinen. Wie traurig sieht es aber auch in engern Kreisen aus und wie gelockert sind nicht die Familienbande. Nur eines Beispiels unter Hunderten erlauben Sie mir zu erwähnen, damit Ihre Leser sich einen Begriff von dem Wirken einer solchen Ultra-Partei machen können. Ein reicher Bürger dahier, Deutscher, Besitzer von drei Häusern, erzählte mit Thränen in den Augen sein Unglück. „Ich hatte noch vor einigen Jahren ein Wechsel- und Geldgeschäft; da ich aber kinderlos war, gab ich das Geschäft auf, kaufte zu zwei schon besitzenden noch ein drittes Haus, welches mich 120,000 fl. kostet. Meine Frau drängte mich, sie zum Mitbesitzer des sämmtlichen Vermögens zu machen, ich wurde Tag und Nacht gepeinigt, und mein eigener Schwager, ein Pfaffe, ergriff in dieser Sache die Initiative; ich ließ mich endlich herbei, meiner Frau zu willfahren. Wenn ich nun bemerke, daß dieser geistliche Herr siebzehn Jahre von mir mit Kost, Wohnung und Geld unterstützt wurde, so wissen Sie, was er mir zu danken hat. Jetzt, nachdem der Frau die Häuser mit zugeschrieben sind, wird von ihr Jeder, der deutsch-gesinnt ist, vor die Thüre gewiesen." Das

Gemüth dieses Mannes ist erbittert, er steht an der Schwelle
des Wahnsinns. Ein katholischer Geistlicher vermag das eigene
Weib gegen ihren Gemahl, mit dem sie bereits mehr als dreißig
Jahre verlebt, so zu stimmen, daß der arme Mann nicht mehr
Herr seines eigenen Hauses ist. Spricht er ein Wort, so heißt
es: Du kannst gehen, wann und wohin du willst! — Wie dieses
Verhältniß ist, so sind noch hunderte hier vertreten. Die Wuth
gegen alles, was deutsch ist, ist grenzenlos; der Magistrat ist
ganz böhmisch; es war noch ein einziger Deutscher unter ihnen,
der wurde aber hinausgebissen. Ein Journal unter dem Titel
„Politik", in deutscher Sprache geschrieben, vertritt das Interesse
der Ultra-Czechen; das jetzige Ministerium wird darin besudelt,
Windischgrätz, Heinau, Bach werden darin gepriesen. Aus allen
böhmischen Gemeinden gehen Sturmpetitionen an den Kaiser:
Keine Erhöhung der Steuern, keine neuen Steuern, Unantast-
barkeit der Güter des Klerus, das sind ihre Verlangen. Für
den 16. Mai wird dahier eine Monstre-Demonstration vorbe-
reitet, bei Gelegenheit der Grundsteinlegung des böhmischen
Theaters. Da ich gerade vom Theater rede, bemerke ich Ihnen,
daß in Pilsen das städtische Theater sechs Monate deutsch und
sechs Monate böhmisch spielte; gegen diese Gleichberechtigung erhoben sich jetzt die Slaven und das Theater wurde auf sechs
Jahre rein böhmisch. — Das Ende dieses Racenkampfes kann
Niemand voraussehen, zweifelsohne wird die Schlußscene eine
traurige werden. Gehen wir auf den Grund dieses Zwiespalts
und fragen wir: Hat das Volk ihn heraufbeschworen, so müssen
wir sagen: Nein, die Sünden der Regierungen der Väter rächen
sich im heutigen Geschlecht. Die Führer der czechischen Partei
haben ein leichtes Werk, denn sie haben bloß ein rohes Material
zu verarbeiten. Der ungebildete Czeche ist der schrecklichste
Mensch auf Gottes weiter Welt; man kann ihn zu Allem gebrauchen, das wissen die Führer, das wissen die Pfaffen. Die
Armuth hier unter den niedern Klassen ist abschreckend, an allen

Kirchen — und deren sind hier viele — sieht man abgezehrte Gestalten, Männer und Frauen, mit Rosenkränzen in der Hand, die Ein= und Ausgehenden anbettelnd; jeden zweiten Schritt sieht man einen Bettler, an allen Thoren wimmelt es von solchen, Alles wird angebettelt, zu Allen Milost pany und Milost pane (gnädiger Herr und gnädige Frau) gesagt. So sieht es vor den Kirchen aus, während drinnen Leichname in silbernen Särgen zu 3000 Pfund Silbergewicht liegen, während Altäre und Geräthe von Silber, Gold und Diamanten blinken, während kaum ein nicht wohlgenährter Geistlicher zu erblicken ist. Ich prophezeie noch böse Scenen in diesem Lande, wenn nicht bald den Ultras die Waffen gelegt werden.

Prag, 6. Mai. Wird Oesterreich auf einen grünen Zweig gelangen und wann werden die aufgeregten Gemüther in das Bett der Ruhe geführt werden? das sind heute Tagesfragen. Das Gesicht Oesterreichs ist jetzt ein sonderliches, die eine Hälfte lacht, die andere weint und, offen gestanden, die Eifersucht der Loyalen ist eine natürliche Sache. Jenseits der Leitha geht Alles mit Riesenschritten vorwärts, die Ungarn, die erst kurz mit dem Schwert in der Hand dem Hause Habsburg entgegentraten, sind heute die geliebten Landeskinder. Auch die Wehrfrage ist entschieden, die Honvedes=Offiziere von dem Jahre 1848 werden aus dem allgemeinen Staatssäckel pensionirt, und der einst existirte Klapka wird die Leitung des Kriegsministeriums übernehmen. Ungarn wird auch noch die abgesonderte Heeresmacht durchsetzen. Den Serben schmeckt die Kost nicht, auch sie wollen ihre Autonomie; vor einigen Tagen kam eine serbische Deputation zum Minister Wenkheim, um eine Subvention von Staatswegen für das Theater zu erbitten. Wenkheim erwiederte: „Wir können nicht alle Stadttheater subventioniren." „Excellenz," erwiederte der Deputirte, „hier handelt es sich um das National=Theater."

„Wir haben in Ungarn nur eine Nation und wem unsere Con=
stitution nicht behagt, der möge auswandern." Diese Worte
haben die schon sehr erbitterte Stimmung der Czechen in Prag
neu in Harnisch gesetzt und die ultra=czechischen Organe zerflei=
schen heute Herrn Wenkheim, die „Politik" nennt ihn einen
dummen Arroganten. Die Agitationen gegen das Ministerium
werden von Tag zu Tag heftiger, mit einem Wort, die Czechen
wollen, was die Ungarn schon erreicht. Aber ist es möglich,
den Czechen ihre Autonomie zu geben auf der Basis, wie sie
Ungarn hat? Ein Volk, das zur Erreichung seines Zieles die
unlautersten Waffen gebraucht, die jedes liberale Herz verachten
muß; einen Graf Clam=Martinitz, einen Graf Thun und eine
Pfaffen=Kompagnie an der Spitze, ziehen sie gegen das Mini=
sterium Beust. Daß die deutschen Böhmen für diese Excellenzen
keinen Respekt haben und von den Czechen in den Koth gezogen
werden, braucht wohl keiner nähern Prüfung. In Ungarn wer=
den die Serben als Ungarn behandelt; sie fühlen, sie können
fühlen, wenn sie wollen, daß sie Landeskinder sind, daß sie zum
Volke gehören. Dürfte das in Böhmen auch der Fall sein?
Würde der Deutsche fühlen, daß er ein Böhme, würde seine
Stimme gehört werden, fühlte der Deutsche in Böhmen, daß das
Herz der Ultra=Czechen ein loyales, ein aufrichtiges, und hätten
die Czechen nicht bei so vielen Gelegenheiten den Deutschen es
fort und auf ordinäre Weise fühlen lassen, längst wären die
Deutschen in's Lager der Böhmen übergangen und das was
Ungarn hat, könnte auch Böhmen haben, nämlich seine Autono=
mie. Jedoch bei der Schroffheit gegenüber der deutschen Bevöl=
kerung, in der Ultra=Czechen selbst den großen Schiller als
„Bänkelsänger" hinstellten, wo ein Palacki aus der alten böh=
mischen Rumpelkammer sich bemüht zu beweisen, daß jeder Stein,
der in Prag ist, von Böhmen herstammt, wo die Führer der
Ultra=Czechen auf eine völlige Unterdrückung des deutschen Ele=
mentes hinwirken, wahrlich da heißt es Vorsicht zu gebrauchen,

Böhmen seine volle Autonomie zu geben. Dieser Tage ging eine Deputation, Dr. Klaudy, der erste Bürgermeister an der Spitze, ab, um Sr. Majestät eine Petition zu Füßen zu legen; darin wird verlangt: Keine Vermögenssteuer, keine Steuererhöhung, indem das Land nichts mehr vertragen könne. Die Petition ist gesalzen und mit ultra=czechischem Pfeffer gewürzt. Der 24. Mai wird für Prag wieder ein an Excessen historisch wichtiger Tag werden. An diesem Tage wird der Grundstein zum National= Theater gelegt. Schon mehr als 5 Jahre wird gebettelt, bis endlich die Partei 100,000 fl. aufgebracht, wobei jedoch mancher Gulden der deutschen Hausbesitzer mitgenommen wurde. Die Ultras haben Alles aufgeboten, um eine gewaltige Demonstration hervorzurufen. Alle Zünfte müssen in uraltem czechischen Kostüm erscheinen, der historische Adel, die historischen Pfaffen und die nicht=historischen Hutantreiber werden en masse vertreten sein. Zudem wird Alles aufgeboten, daß das Landvolk von Nah und Fern zu Tausenden herbeiströmen wird. Zu diesem Zwecke haben die Bahnen ihre Tarife herabgesetzt. Aus allen Slavenländern sollen Deputationen anlangen, wie ich höre, sogar aus Rußland, und selbst die Slaven in Amerika ihre Vertreter senden. (Den Slaven in Amerika müssen sie die Reisespesen schicken.) Sie ersehen, daß es eine gewaltige Demonstration absetzen wird. Cylinder werden sich wohl keine an diesem Tage in die Stadt wagen. Aber, wie man hört, soll auch ein großer Körper berittenes Volk mit gezogenen — Sie wissen schon was ich meine — an diesem Feste sich betheiligen, denn sie sind hier auch neugierig, wenn der Grundstein gelegt und vielleicht bei schlechtem Wetter es Steine regnet, daß die Berittenen dem Regen Halt gebieten. Gleich darauf, am 24., wird die neue Kettenbrücke feierlichst dem Verkehre übergeben und zu dieser Feierlichkeit ist Se. Majestät eingeladen. Man wollte sie schon früher eröffnen, aber Se. Majestät entschuldigte sich, daß es die Zeit nicht gestatte, bis zum 24., da könnte er auch einen — —

Tag' nach Prag kommen. Es circulirt das Gerücht, daß der Reichsrath mit Ende Mai geschlossen werde, um den Landtagen Platz zu machen; wie ich aus authentischer Quelle weiß, hat der Reichsrath mit seinen Vorlagen volle 2 Monate zu thun, wenn er dieselbe beenden will. Die Finanzfrage muß entschieden werden, der Kampf ist ein bitterer und von czechischer Seite wird er erschwert. In Wien erheben sich Stimmen, selbst im Gemeinderathe, die todte Hand herbeizuziehen. Sie sagen, die Klöster haben sich gefüllt, um in Zeit der Noth sie zu leeren. Noch so manches muß radikal geändert werden. Hier gibt es, wenn es auch den Namen hat, keine freie Presse; ein armer Teufel kann kein Journal gründen, wenn er auch dem Volke eine gesunde Alltagskost geben wollte. Es besteht noch die Kaution von 6000 fl. und der Zeitungsstempel; selbst für die Inserate zieht der Staat 30 kr. pro Stück. Eine Aktiengesellschaft für ihr enormes Inserat zahlt 30 kr., ein armes Dienstmädchen für ihre zwei Zeilen auch 30 kr. Noch immer wird das Geld vom Staate meistens der Armuth entrissen; die kleine Lotterie trägt dem Staate 9 Millionen ein; wer zahlt diese 9 Millionen? Arme Familien, die Fürsten nicht; jene tragen Woche für Woche das sauer verdiente Geld in die Lotterie, und wenn ein Spieler auch nach vielen Jahren eine Terno gewinnt, so sollte man dagegen berechnen, was so mancher Taglöhner in 10—15 Jahren verloren hat. Es erröthet das Gesicht, daß eine Regierung mit der Armuth spielt. Dem Soldaten geben sie nun eine halb französische und halb preußische Uniform. Athmet doch im wichtigern Uebrigen auch andern Staaten nach und nehmt Euch da ein Muster. Noch kein Schwurgericht, keine wirklich freie Presse, kein Geld, Ueberfluß an Soldaten und Beamten, Uneinigkeit in allen Lagern — das ist für den Augenblick die Physiognomie Oesterreichs. — Das Schulgesetz und dasjenige für die Civil-Ehe soll nächstens doch die allerhöchste Sanktion erhalten.

Prag, 13. Mai. Um den Wohlstand eines Mannes hervor= zuheben, sagen wir: „der ist Stein=reich“ und bei dem Armen: „der ist Blut=Arm“. In Bezug auf die alte Residenz Libussa's können wir heute dagegen sagen: „Prag ist Stein=arm und Blut= reich.“ In der Geschichte Böhmens wird die Grundsteinlegung des Nationaltheaters gewiß eine herrliche Seite füllen, denn noch hatte dieselbe eine derartige Demonstration nicht nachzuweisen, daß nämlich zur Grundsteinlegung eines Theaters das ganze Landvolk — wovon der größte Theil kaum das ABC kennt — zur Theilnahme bearbeitet wurde. Vom Berge Rip und vom Zista=Berge, von deren ersterem der Ur=Czeche herstammen soll, hat das arme Bauernvolk aus dem Innern 40=Ctr.=Steine ge= rissen und in der argen Sommerhitze auf armseligen Karren, geputzt mit Reisig und Fahnen und begleitet von Tausenden von Menschen, die das ganze Jahr von Kartoffeln leben, nach Prag gebracht, dort als Grundstein des Musentempels zu dienen. Als ich in der Straße stand und den Zug betrachtete, rührte es mich, ich bedauerte diese armen Menschen, deren man hier als Werk= zeug einer Demonstration sich bediente. So unwissend und so geistesarm der größte Theil dieser Menschen aussieht, konnte man doch in den Blicken und in den gefalteten Gesichtern Aller deut= lich lesen: „Es gilt Euch, Ihr Deutschen, nieder mit Euch.“ So kamen gestern unter Begleitung von Tausenden zwei Steine an; die armen Bauern, von der Sonne verbrannt, die Kehlen ausgetrocknet, statt mit Speise und Trank wurden sie auf dem Bauplatze mit Reden und Slawas bewirthet, dann konnten sie wieder zu ihren Erdäpfel=Tischen zurückkehren. Ja warum sah ich denn nicht unter diesen Enthusiasten, unter diesen Ultra= Czechen, die Herren Palacky, Skrezensky, Zeithammer und Kon= sorten? Hätte ich diese unter den berittenen Panduren, sonn= verbrannt wie diese selbst, gesehen, die zwei oder mehr Tage nichts als Staub geschluckt und sich im Wahne berauscht hatten, ich würde einen Funken Nationalgefühles in ihnen geglaubt haben müſſen; während dieſe armen unwiſſenden Menſchen, ihre Arbeit vernachläſſigend, als blinde Inſtrumente gebraucht wurden, haben jene Herren gemüthlich ihre Cigarren im Salon geraucht und auf die armen beſtaubten, halb verdurſteten Menſchen lächelnd herabgeblickt. Warum haben die Ultras, die Leiter der Partei, nicht auf der Sofien- und Schutz-Inſel für Alle zum Eſſen und Trinken Vorſorge getroffen, da ſie doch auch nicht von den Steinen des Rip und Ziška leben? Die alte Regel, bevor man ein Seidenkleid anziehe, müſſe man für's Hemd ſorgen, iſt auch hier anwendbar, denn nur ſo meint man es ehrlich mit ſich und der Welt. Es wäre weit nothwendiger geweſen, ein Haus für arme Arbeiter zu bauen, als ein Theater. Hier in Prag haben wir eine Maſſe Frauen- und Männer-Klöſter, die Herren und Frauen wohnen comfortable; aber ſehe man ſich dagegen die Wohnungen der armen Prager an. Die armen Arbeiter Prags verdienen nicht mehr als einen Papiergulden, oft auch bloß 50 Kreuzer täglich, für ein kleines Zimmer und Küche müſſen ſie 50—60 fl. jährlich zahlen; hat er eine Frau und zwei Kinder, muß er da nicht in einem wahren Loch mit ſeiner Familie wohnen. Die meiſten können aber dieſen Zins nicht bezahlen, denn ſie brauchen mehr als 300 fl. per Jahr um zu leben, daher wohnen oft 3 bis 4 Partien zuſammen in einem Zimmer. Da ſind Leute verſchiedenen Charakters und Perſonen verſchiedenen Geſchlechts, die eſſen und ſchlafen alle innerhalb eines Zimmers. Welche Schule der Demoraliſation und des Laſters dieſe hier ſo zuſammengewürfelte Geſellſchaft iſt, braucht wohl kaum geſagt zu werden; unſchuldige Kinder werden auf dieſe Weiſe in den Rachen des Laſters geſtürzt. In einer ſolchen Stadt, wo ſo wenig gegen das Elend der Armuth geſchieht, wo die Ignoranz gepflegt wird, in dieſer Stadt läutet man mit allen Glocken zur Grundſteinlegung eines Theaters. Es war den Ultra-Czechen leicht, die Bevölkerung zu dieſer Demonſtration herbeizulocken; wären die Juden unter den Pharaonen nicht auf ſolch niederer Stufe der

Bildung gestanden, wahrlich Moses hätte sie nicht 40 Jahre in
der Wüste herumführen können; so ist es auch hier; ich bin fest
überzeugt, hätte das Volk mehr die Wohlthaten besserer Schulen
genossen, durch dieselben mehr geistige Bildung erlangt, sie wür=
den sich nicht zu einer tagelangen Wallfahrt nach einer weitge=
legenen Kapelle, noch zu einer Demonstration, wie bei der Grund=
steinlegung des Theaters, verleiten lassen. Das Pferd spannt
man ein, gibt ihm einen Sporn und es geht, der Herr sitzt ge=
müthlich darauf und raucht seine Melaris! Heute kommen noch aus
anderen Gegenden Böhmens Steine; Sie sehen, Prag ist Stein=
arm und Blut=reich, sonst fänden sich für die Steine keine Zieher.

> Blut=reich
> Und Geistes=arm
> Macht's Herz weich,
> Die Taschen arm.

Man kann sich über den Gränzen keinen Begriff davon
machen, wie hier das arme Volk um so gar nichts fanatisirt
wird. Den Glanzpunkt der Festlichkeiten wird bilden, daß tausend
und aber tausend arme Bauern ihr bischen Getreide verkaufen,
um nach Prag gehen zu können, hier zusammen kommen, auf
den Straßen schlafen, für schönes Geld schlecht essen werden;
während die Wenigen, die gut wissen, um was es sich han=
delt, auf der Sofien = Insel ein Festessen nehmen werden;
wie ich höre, sind 600 Couverts daselbst à 5 fl. bestellt. Die
Czechen, die sich an die Spitze drängen, um für sogen. nationale
Zwecke zu sorgen, sollten sich ein Beispiel am 7. Juli 1781
nehmen, an welchem Tage der Grundstein zum deutschen Theater
in Prag gelegt wurde. Mit welcher Ruhe und mit welcher Ge=
lassenheit wurde dieser Tag begangen, und welche glorreiche Ver=
gangenheit hat nicht dieses Institut seitdem aufzuweisen. Mit
der glänzenden Grundsteinlegung ist der Ruf des Institutes nicht
zugleich gesichert, zumal in Böhmen, da der Czeche von heute
eine deutsche Uebersetzung braucht, um das neu geschaffene böh=
mische Wort zu verstehen. Das Theater kann in 4—5 Jahren

vollendet sein; ist aber auch für Charaktere und Künstler gesorgt, oder kann man solche auch vom Berge Rip holen? Gewiß nicht, und die Herren Czechen müssen solche nolens volens aus dem verhaßten Gebiete deutschen Wissens und deutscher Kunst holen. Warum plötzlich brechen mit Allem, was deutsch ist, Ihr Czechen, die Ihr die Bewegung leitet, da Ihr doch Euern Geist und Euer Wissen den Deutschen zu verdanken habt? Baut erst Schulen, bildet Eure Jugend, baut den armen czechischen Arbeitern Wohnungen, daß nicht 4—5 Familien in einem Zimmer wohnen müssen, das wäre nöthiger als das Theater; erst das Hemd, dann das Seidenkleid.

Prag, 19. Mai. Es ist darüber wohl kein Zweifel, daß die Völker Europa's alle sich nach Frieden sehnen; sie dürsten nicht nach Blut und wollen auch nicht das Andenken an neue Schlachtfelder der Geschichte liefern. Aus der Tiefe des Herzens ruft überall eine mächtige Stimme: wir wollen Ruhe, wir wollen das geistige und materielle Wohl aller Menschen heben; nur Egoisten und Despoten sehen im Geklirr der Säbel ihre Macht, im Erfolge der Waffen ihre Stärke und ihren Ruhm. Wo bist du, unsichtbare Macht, frage ich mich oft, daß du nicht jene Tyrannen, die das heilige Menschenrecht vernichten wollen, von der Erde verschwinden machst? Und so oft ich diese Frage an mich stelle, gebe ich mir die Gegenfrage: Wer gab der Biene ihren Stachel und dem Menschen seinen Willen, das mächtige Veto Aller, zerstäubt und zerbricht es nicht auch den eisernsten Willen eines einzelnen Egoisten? Dort auf dem französischen Throne sitzt ein einstmaliger Carbonari, der mit Eifer sucht, auf die Entwicklung und das Gedeihen zweier erstarkenden Nationen, Italien und Deutschland, hemmend einzuwirken. Ein großes, einiges Deutschland, ein starkes Italien, sind sie nicht vortheilhafter für die materielle Wohlfahrt Frankreichs, als ein zerfleischtes, verarmtes Deutschland und ein ausgesogenes Italien? So wenig das deutsche Volk einen Kampf mit dem französischen will, eben so wenig ist es die französische Nation im Allgemeinen, die eine solche Absicht hegt; aber Frankreichs Kaiser, dessen Thron auf die Soldateska und Clerisei ruht, er möchte der Schrecken Europa's sein, ohne Scheu darüber, deßhalb der stete Störer des Friedes zu sein. Napoleon wüthet ob der freundlichen Aufnahme des Kronprinzen von Preußen am italienischen Hofe. Er ist Diplomat genug, um die Größe der Bedeutung dieses Empfanges zu empfinden. Er weiß es sehr wohl, daß es keine gekünstelte Etikette war, er fühlt den Pulsschlag des Volkes, der sich dabei kund gab, daß es kein von der Polizei gesteigerter Enthusiasmus war, sondern der einzelne Italiener mit Deutschland und dessen leitender Macht sympathisire. Das Volk drängte sich um den Prinzen und gab deutlich zu erkennen, daß es für Deutschlands Größe herzliche Wünsche habe. Anders betrug sich das Volk gegen den sogenannten rothen Prinzen, man sah ihn über die Achsel an, kalt blieb das Volk bei seinem Kommen und freute sich, bald den Rücken dieses Intriganten zu sehen. Wuthentbrannt soll Prinz Napoleon Florenz verlassen haben und hätten wir an den Thüren des Tuilerien-Palastes lauschen können, wir hätten Erbauliches zu hören bekommen, Er sieht, daß die Völker Deutschlands und Italiens immer mehr auf dem Wege sind, sich zu einen. Napoleon brütet über unheilvolle Pläne, ob er sie ausführen kann und wird, bleibt ungewiß; ist Deutschland einig, dann wird die Ausführung unzweifelhaft für immer unterbleiben.

Prag, 23. Mai. Wir lebten hier seit einigen Wochen in einer furchtbaren und zwar doppelten Schwüle. Für's Erste die politische Zerfahrenheit der Czechen und Deutschen und für's Zweite die erstickende Sonnenhitze, welche Staubwolken brachte, die unsere Lungen verzehrten. Wer sich Prag naht und diese

thurmreiche Stadt sieht, hingepflanzt in das herrliche, üppige
Moldauthal, der ahnt nicht, daß in diesen Mauern so wenig
Seitens der Stadtgemeinde für die Gesundheit geschieht. Gestern
öffnete der Himmel seine Schleußen und erquickte uns mit einem
angenehmen wohlthätigen Regen, daß Alles aufathmete. Auch
das Herz der Ultra-Czechen ist geöffnet worden und die „Politik",
die noch gestern Feuer und Flamme gegen Alles, was deutsch
ist, geschleudert, erquickt uns heute mit einem wahrhaft versöh=
nenden Artikel, man reicht darin den Deutschen des In= und
Auslandes die Hand zur Versöhnung; sie sieht es ein, daß ein
Einvernehmen beider Parteien zur Sicherung unserer Freiheit
Noth thut, sie sieht es ein, daß der Haß zwischen Czechen und
Deutschen im Jahre 1849 war künstlich gesäet worden und zum
Verderben beider ausfiel. In den herzlichsten Worten strebt sie
einen Ausgleich und Versöhnung an. Sie sehen, wo die Gefahr
am größten, ist Gott am nächsten. Das heftigste Czechen-Organ
streckt die Hand zur Versöhnung aus — und ich hoffe und
wünsche von Herzen, daß jeder ehrlich gesinnte Mensch die Worte
der Versöhnung beherzigen und den Czechen-Brüdern die Hand
dazu reichen wird. Es muß ein Modus vivendi gefunden wer=
den, damit Czechen und Deutsche, die ein Haus bewohnen, brü=
derlich und mit vereinter Kraft schaffen, daß das Land bald die
Segnungen der Freiheit genieße. Deutsche und Czechen haben
mit einander geblutet, darum fort mit dem Schwerte zwischen
ihnen.

Prag, 1. Juni. Zwanzig Jahre kämpft Oesterreich mit
der Lösung seiner Finanzfrage, aber der Puls seines finanziellen
Lebens ging von Tag zu Tag matter. Den rationellen Finanz=
mann wundert es wahrlich nicht, daß die Finanzkraft Oester=
reichs ihrer Auflösung zugeführt wurde, so wie es uns nicht
wundern würde, wenn ein schwacher Körper mit Aderlässen und
Schröpfen kurirt und dadurch ruinirt werden sollte. Je matter

Oesterreich in finanzieller Beziehung wurde, desto mehr hat man ihm sein Blut abgezapft, und je schwächer es wurde, desto schwerer lastete auf ihm die Last des Absolutismus. Nun, über= morgen ist der entscheidende Tag, da soll der Kampf ausgetragen und entschieden werden; in den Händen des Volks liegt es jetzt, die Ehre und die Achtung Oesterreichs vor Allen zu wahren. Leider hat die Majorität des Budget=Ausschusses, die Finanz= Aerzte Oesterreichs, auch zu einem Mittel gegriffen, welches gleichfalls wie ein Schröpfen und Blutzapfen ist, und sollte es durchgeführt werden, zur Ermattung und nicht zur Erstarkung dieses finanziellen Körpers beitragen kann. Die Majorität des Finanz=Ausschusses will zur Zinsenreduktion, oder, was anders klingt, zur Coupon=Besteuerung schreiten. Heißt das nicht den Krebit und das Ansehen Oesterreichs untergraben? Heißt es nicht, das bischen Blut, das Oesterreich hat, noch abzapfen und es, wie bereits physisch, nun auch noch moralisch zu ver= nichten? Ist denn Krebit nicht auch eine Finanzkraft? Was hätte das geldarme Oesterreich gethan, wenn das Ausland seine Schuldverschreibungen nicht acceptirte und sein Gold und Silber Oesterreich entzogen hätte? Wohl wäre es besser gewesen, wenn das Ausland die Verschwendung Oesterreichs nicht unterstützt hätte; es wäre so manches Uebel nicht geschehen, wenn Oester= reich kein Geld gehabt hätte. In einem Oesterreich, das seit einer Spanne Zeit das Joch des Absolutismus abgeworfen, auf dem Wege freiheitlicher Volksinstitutionen vorschreitet, und so in Europa an Ansehen und Achtung gewonnen, daß es nun in dieser Beziehung in einem Glanze dasteht, wie ihn seine frühere Geschichte nicht aufzuweisen vermag, wollen nun die Repräsentanten des Volkes dieses herrliche Bild plötzlich ver= nichten und selbst Hand anlegen an die moralische Niederlage Oesterreichs. Sollten Oesterreichs Völker die schwer erkaufte Freiheit, die noch in der Wiege liegt, die noch nicht getauft und noch keinen Namen hat, selbst moralisch beflecken! —

Der Grundbesitzstand in Oesterreich ist noch immer gewohnt, wie vor dem Jahre 1848, wenig oder gar keine Steuer zu zahlen; heute heißt es an die moralische Kraft des Volkes appeliren, sollten da nicht die Reichen Oesterreichs mit ihrer Engherzigkeit brechen, und darunter gehören auch die reichen Pfaffen und die reichen Klöster. Es könnte dann Oesterreich auch sein Defizit, wenn nämlich große Ersparungen in der Verwaltung eintreten, reichlich decken. Ist denn Brestels Vermögenssteuer so ungerecht? Gewiß nicht. Wer Vermögen hat, kann zahlen, besonders in der Zeit der Noth, wo es heißt, die Ehre des Volkes retten. Warum denn in den Beutel des Ausländers greifen, um zu decken, was österreichische Staatsmänner vergeudet haben? Bei einer strengen, gleichen Vertheilung der Steuern, hauptsächlich der Creirung einer Einkommenssteuer, könnte noch viel geschaffen werden; man könnte auch eine Luxussteuer einführen, die Millionen machen würde und den Armen nicht berührt. Aus dem ganzen Gebahren des Budget-Ausschusses sehen wir, daß man dem Geldbeutel nicht zu nahe will; der Arme kann keine Millionen hergeben, also will man das Ausland besteuern. Ich gratulire zu dieser Operation, die Zukunft wird lehren, wenn der Kampf auf diese Art ausgetragen wird, ob Oesterreichs Finanzen blühender werden. Wir werden wohl weniger Zinsen zahlen, ob aber unser Handel, unser Kredit und unser Ansehen nicht mehr verlieren werden, als wir bei diesem Schacher gewinnen, das ist heute schon klar vorauszusehen.

Prag, 12. Juni. Palackyfeier. Prinz Napoleon. Frohnleichnamsfest. Für den Denker, der die Ereignisse des Tages in ihrer Tiefe sondirt und studirt, bietet gewiß das Ereigniß am 11. Juni in der Hauptstadt Böhmens ein reiches Material. Gestern war Gelegenheit geboten, tief in das Herz der heutigen Situation einzudringen. Die Czechen feiern heute

den 70jährigen Geburtstag Palacky's. Palacky ist ihr Symbol,
ihr Leiter, ihr Stern; er begann schon vor 50 Jahren das
nationale Bewußtsein zu wecken, er war es, der im Jahr 1848
gegen das Frankfurter Parlament protestirte, er ist es, der den
Czechen ihre Geschichte neu auffrischte, aber nach seinem Ge-
schmacke, nach seinem Gutdünken. Hätte Palacky die Geschichte
Böhmens in ihrer Wahrheit und Klarheit, unparteiisch als
Mann des Rechts hingestellt, hätte er nicht das deutsche Ele-
ment, das den Wohlstand des Landes in geistiger und materieller
Hinsicht gehoben, als Eindringling und Fremdling in seiner Geschichte behandelt, hätte Palacky vor 50 Jahren nebst der Erweckung des nationalen Charakters auch gleichzeitig dazu beige-
tragen, auf die innige Verschmelzung mit den deutschen Brüdern
hinzuarbeiten, hätte Palacky seit fünfzig Jahren getrachtet,
nebst der Erweckung des nationalen Bewußtseins, das verdummte Landvolk aus seiner Lethargie zu wecken, daß es nicht
als ein blindes Werkzeug in den Händen der Pfaffen zu
gebrauchen sei, hätte Palacky so gewirkt, wie stünde es nicht
heute in Böhmen und wie hochherzig und groß wäre nicht sein
70jähriger Geburtstag von ganz Böhmen begangen worden!
So feierten ihn die Czechen allein, für die er bis jetzt nichts
anders gethan, als daß er bei ihnen einen National=Schwindel
geweckt, ihnen eine Geschichte geschrieben, wo er ihnen die Glorie
aus König Wenzels Zeit aufzählt, ihnen von dem Glanze einer
böhmischen Krone spricht, aber ihnen darin nicht sagt, daß der
Landmann von heute, ohne böhmische Krone, ein Ca-
valier ist im Vergleiche zu den Verhältnissen, wie sie unter den
böhmischen Königen bestanden, bei welchen im strengen Sinne
des Wortes sie Sklaven waren. Die Czechen sind aber dennoch
dankbar ihrem Vater für seine großen Leistungen und feierten
den Vorabend dieses Festes auf großartige Weise. Alle Zünfte
und alle Korporationen versammelten sich auf dem großen Roß-
markt und den anderen Gassen, die in den Graben einmünden,

dort ist der Zielpunkt, das Bürger=Casino. Gegen halb 10 Uhr
setzte sich die Masse in Bewegung; Hunderte von Fackeln, Lich=
tern, Lampions verliehen dem Zuge einen imposanten Anblick.
So defilirte die Menge vor dem greisen Palacky, der allein auf
dem Balkone der Bürgerressource stand. Daß der Zug erst nach
halb 10 Uhr sich in Bewegung setzte, hat seine Ursache, denn
um 10¼ Uhr kam der Schnellzug, der uns den angekündigten,
obwohl incognito reisenden, Prinzen Plon=Plon zuführte. Der
Prinz kam und stieg im Gasthofe zum schwarzen Roß ab. Mit
wichtig thuender diplomatischer Miene streckte er seinen Kopf
zum Fenster hinaus, steckte seinen Augenzwicker ein und blinzelte
lächelnd auf die czechische Demonstration herab. Drei Minuten
verweilte sein imponirender Blick am Fenster, dann verschwand
er. Das Lieblingslied der Czechen, dessen Verse jeweils mit der
Strophe »Hrom a Pecklo«, zu deutsch „Donner und Hölle",
endet, wurde jetzt stürmisch von der ganzen Menge gesungen.
Vor den Fenstern des Prinzen erscholl das Hrom a Pecklo
lauter als vorher; ich für meine Person dachte auch an die Be=
deutung dieser Worte, aber in Bezug auf den feinen Prinzen
selbst. Palacky ist ein kluger alter Mann, er fühlt ganz wohl
in seiner Brust, daß die Größe dieses Zuges mit den Tausenden
Lichtern mehr als eine Demonstration für ihn, eine solche gegen
die Regierung und theilweise für den Prinzen war. Der Saame
der Zwietracht, zwischen Deutschen und Czechen lange Jahre ge=
säet, ist aufgegangen und trägt böse Früchte; jetzt sucht man eine
Verständigung mit den Deutschen, aber es ist fast zu spät.
Hätten Palacky und Consorten vor 50 Jahren diesen Ton ange=
stimmt, den sie in den letzten Tagen anfingen, um ein Einver=
ständniß mit den deutschen Brüdern herbeizuführen, wir hätten
keine Herbst=Demonstration, kein Huteintreiben in Prag und alle
die Dinge nicht erlebt. Die czechischen Führer wollen jetzt die
guten Deutschen in ihr Lager hinüber ziehen, sie sollen helfen
den edlen Giskra, den wackern Herbst zu stürzen, und Beust,

der den Pfaffenschwindel gebrochen, aus dem Wege zu schaffen;
dazu sollen die Deutschen sich hergeben, unsere Freiheit sollen
wir vernichten und einem feudalen Martinitz und Consorten
sollen wir unsere Zukunft anvertrauen. So süß lächelnd gestern
der Prinz Napoleon dem Fackelzug zusah, der einem Manne
aus dem Volke galt, so machte er heute aus dem Fenster seines
Gasthofes ein ganz anderes Gesicht, als er sah, daß dieselbe
Masse, die gestern in wilder Erregung ihrem Vater Palacky
huldigte, heute mit gebeugten Häuptern, in stiller Andacht bei
der Frohnleichnamsprozession ihren geistlichen Führern von einem
Altar zum andern folgte. Er schien bei sich selbst ganz ernst=
liche Betrachtungen zwischen dem gestrigen »Hrom a Pecklo«
und dem heutigen Kyrie=eleison zu machen.

~~~~~~~~~

Salzburg, 29. Juli. Cato von Utica wurde einst in einer
Gesellschaft gefragt, warum er denn so schweigend sei, er ant=
wortete: »Parlero quando sapró dire cose degno d'esser, as-
coltato.« „Ich werde sprechen, wenn ich Sachen zu sagen
wissen werde, würdig gehört zu werden!" Dieß ist auch die
Ursache, daß Ihr sonst so fleißiger Korrespondent über die politischen Tagesereignisse Ihren freundlichen Lesern so lange nichts
brachte. Heute mußte ich die Feder ergreifen, wo Aller Augen,
Aller Sinn nach dem Centralpunkte Wiens gerichtet sind, nach
dessen Mauern Tausende von deutschen Brüdern aus Nah und
Fern wallten, um dort ihre Stutzen im Eifer der Wette spielen
zu lassen, um dort ihre Herzen den Brüdern des deutschen
Donau=Stromes zu erschließen, um dort das Banner der „Ein=
tracht" und der „Freiheit" aufzupflanzen. Das Bild, das Wien
in den letzten Tagen darbot, war wahrhaft schön, entzückend und
großartig; es wird unvergeßlich bleiben, wenn die Worte, die
von den Tribünen, die Gefühle, die sich in den Umarmungen,
in dem Händedrücken kundgaben, zur Wahrheit werden. Giskra

und der Bürgermeiſter Zelinka waren die Tageshelden; die
Worte, die ſie an die deutſchen Brüder richteten, konnten nicht
herzlicher geſprochen werden; das alte Wien, meint der Miniſter Giskra, exiſtire nicht mehr. Die Arme eines freien
Volkes umſchlingen die Brüder; man durfte mit allem Rechte
den Kaiſer Franz Joſeph hoch leben laſſen, der nach dem Rathe
ſeiner Miniſter und in Hochherzigkeit dem Volke die Freiheit
gab. Hierüber ein ernſt-wohlgemeintes Wort mit meinen deutſchen
Brüdern über der Gränze zu ſprechen, finde ich nicht nur an
der Zeit, ſondern auch höchſt nothwendig. Erlauben Sie mir
nur einen Augenblick, bevor ich auf die jetzigen freiheitlichen
Zuſtände und das Emporblühen Oeſterreichs eingehe, erſt mich
mit dem Schützenfeſte im Allgemeinen zu befaſſen. Ihr Kor-
reſpondent war vor dem Beginn der Feſtlichkeit in der Reſidenz
und in der Umgebung, jedoch meine Anweſenheit in der Reſidenz
war nicht bloß, um die herrliche Feſthalle zu bewundern, die
Triumphbogen anzuſtaunen, denn das haben die Wiener bei
hundert andern Gelegenheiten, unter dem ſchwerſten Joche des
Abſolutismus, auch produzirt; auch war ich nicht da, um zu
ſuchen, wo das beſte Lagerbier, wo das beſte Backhähnerl zu
finden ſei; nein ich war da, um mich an der Sonne der Freiheit zu wärmen; ich konnte aber bei aller Wärme in dieſer Beziehung noch den Oberrock ertragen. Doch der liebe Wiener iſt
gemüthlich, ob warm oder kalt; er aß gemüthlich ſein Backhuhn
unter Metternich, nun ißt er es etwas gemüthlicher unter Beuſt.
Es iſt unbeſtreitbar, der Wiener hat ein freundliches Herz, iſt
zuvorkommend gegen jeden Fremden, aber dafür kann der eigentliche Wiener nichts, er iſt zur Geſelligkeit erzogen worden; von
früheſter Jugend an bewegt er ſich immer unter fremden Ge-
ſichtern und der immerwährende Verkehr mit Fremden in öffentlichen Lokalen, Gaſt- und Caféhäuſern, oder wenn nicht da,
auch in der Kirche läßt ihn Niemand fremd erſcheinen. Die
Regierung ſorgte dafür, ihre lieben Wiener-Kinder gemüthlich

zu machen; der billige Wein, den man zu trinken Gelegenheit hat, ist der beste Hofmeister der „Gemüthlichkeit". Ländlich, sittlich! In Wien nennt man das, wenn man sich des Morgens von Hause entfernt, um im Caféhause den ganzen Tag zu verprassen, gemüthlich; die Engländer nennen es liederlich, verschwenderisch, aber wie gesagt, ländlich, sittlich! In England herrscht die Gemüthlichkeit im Hause, dort wird der Freund nicht in's Caféhaus geladen, vielmehr zur herzlichen Familientafel gezogen; das nennen unsre lieben Wiener aber wieder steif! Wenn daher unsere Wiener=Blätter behaupten, ein derartiges Fest hat Paris und London nicht gesehen und wird wohl nie mehr gesehen werden, so heißt das ein wenig zu viel von der Krone der Menschlichkeit sich aufsetzen. 30,000 Lerchenfelder und 20,000 Schottenfelder, aus den zwei lebendigsten Vorstädten Wiens, können wohl viel, sehr viel zur Gassengemüthlichkeit beitragen, da bei Beiden, namentlich wenn sie ein Gläschen „Heurigen" mehr getrunken hätten, die „Hochs" höher würden. Nicht aus Straßendemonstrationen können wir die Gemüthlichkeit und Herzlichkeit, sowie den Werth eines Volkes abschätzen. Wer den Einzug Garibaldi's in London gesehen, der weiß, wie ein Volk seine Herzlichkeit dem Helden der Freiheit dargebracht hat. Doch wer will verkennen, daß dieses Fest, trotz der darüber geschriebenen Worte, doch einfach und alldem ein Schützenfest ist, daß es nicht eine tief gegründete politische Tendenz hat. Am Morgen des Festes donnerte es schon aus allen Kehlen: Trotzdem man uns von euch abgeschnitten, bleiben wir dennoch im Herzen vereint! Wahrlich hoch schlägt das Herz und stürmisch bewegt sich der Busen, wenn wir die herzliche Begegnung der außerösterreichischen Deutschen mit den Wienern, die heute frei sich nennen, in den Journalen lesen, die Deutschen aller Farben schaaren sich um den Minister, bekränzen ihn mit Blumen und lassen ihn hoch leben: den einstmaligen Helden der Paulskirche! Unser großer Schiller sagte: „Wenn man beim Bilde des Mei=

sters vergißt, dann findet sich der Meister am höchsten gelobt." Sprechen wir es aufrichtig und unumwunden aus, Angesichts des Stephansthurmes, der noch immer sein stolzes Haupt nicht beugt: gäbe es heute zu Wien einen Giskra, einen Herbst im Ministerium und an dessen Spitze einen Beust — wenn nicht ein Bismarck vorher gelebt hätte, der die Lage der Zeit erfaßt, Deutschlands wahre Bestimmung erkannt, der gelebt, um die schwach und lose verbundenen deutschen Stämme unter dem Scepter der Hohenzollern fester zu einen, der gelebt, um deutsches Wissen, deutsche Kultur und deutsche Industrie zu kräftigen, Deutschland im Auslande zur Geltung zu bringen? Fragt bei Freund und Feind nach, und wenn sie ehrlich sind, werden sie sagen: dem Jahre 1866 und Bismarcks Schritten gegen Oester= reich haben wir es allein zu danken, daß man jetzt bei uns etwas freier athmet und auf dem Wege zum Vorwärtsschreiten angefangen hat. Nicht das „gemüthliche" Wien, wo noch vor Kurzem ein „Bach" terrorisirte und ein „Rauscher" excellirte, kann der Brennpunkt Deutschlands sein. Er liegt wo anders. Selbst die Feinde Bismarcks müßten beschämt ihre Häupter beu= gen, wollten sie dieses „gemüthliche" Wien als Centralpunkt des neuen Deutschlands bezeichnen.

***

Salzburg, 30. Juli. Die Reichshauptstadt Wien hat sich in den letzten Jahren gewaltig verändert, so Mancher, der es seit einiger Zeit nicht gesehen, kennt es nicht mehr. Wer zum Feste nach Wien kam, die Stadt festlich geschmückt sah, den Ausdruck des warmen Herzens, man kann sagen, des guten Herzens der Wiener empfand, mußte sich freuen, er fand ein bedeutend verschönertes Wien; die herrlich angelegte Ringstraße, in der eine Pferde=Eisenbahn von Dornbach bis zum Praterstern führt, das herrlich stolze Operngebäude, das großartige Arsenal, das allein fast einer Stadt gleicht, Kaffee= und Gasthäuser in größter Eleganz, welche die Neuzeit geschaffen, gewiß muß eines Jeden Sinnlichkeit sich geschmeichelt und gereizt fühlen, das Blut circulirt schneller, das Gesicht legt sich in freundlichere Falten. Wien ist in dieser Beziehung anders anzuschauen, als wenn man in das emsig thätige Geschäftsgewimmel der Weltstadt London einzieht. In Wien ist es für den Moment erhebend, lachend; doch dürfte es manchen dieser Schützenbrüder, die die Tage ihres Lebens in gemüthlicher Häuslichkeit und in Geschäftsthätig= keit zubrachten, schwer fallen, für längere Zeit das Wiener Trei= ben durchmachen zu müssen. O! er würde sobald wieder seine ruhige, freie Wohnung gegen den Rausch des Wiener Lebens vertauschen wollen. Es mag wohl Mancher denken, der von über den Grenzen herkam, und glauben, es gibt kein Ländchen mehr, in dem ein Volk glücklicher hausen kann, wo ein Volk freier athmet, als in dem lieben Oesterreich. Und doch ist das Meiste eitel Schein. Wer in Wien in diesem Staub=Enthusias= mus sich jetzt durchwindet, wer in der Festhalle alle die schönen und theilweise süßen Reden von der Tribüne, dem Wasserfalle gleich, herunter rauschen hört, der kann leicht irre werden; im Verhältniß zu dem mit Festons und Flaggen geschmückten Wien könnte er sich Oesterreich am Ende in einem Goldrahmen denken. Wien, wie es jetzt aussieht, muß man sich als den Salon des Hauses Oesterreich denken. Kommt man aber in die Nebenge= mächer und die Küche, in der die Speisen für die lieben Oester= reicher hergerichtet werden, — der Leser wird nicht mißverstehen, wie ich es meine, — dann erhält man von der Wirthschaft einen ganz andern Begriff. Mehrere meiner frühern Briefe handelten von den böhmischen, vielmehr von den czechischen Verhältnissen; ich habe damals die dortigen Verhältnisse geschildert, wie sie in Wirklichkeit sind; auch in Oesterreich ist, trotz seines liberalen Ministeriums Vieles eben so faul, als im Czechenlande; wir müssen hoffen, daß es gründliche Besserung erfahre. Von dem Schützenfeste hatte ich einen Abstecher in das Salzkammergut gemacht, wo ich mich einige Zeit in dem herrlichen Salzburg aufhielt, der Stadt, in der kürzlich der „glorreiche" Kaiser Napoleon mit dem Herrscher von Oesterreich eine freundliche Begegnung hatte; mehr als zwanzig Jahre waren es, daß ich diese stolzen Berge, diese reizenden Thäler nicht mehr gesehen hatte. Die Gegend um Salzburg ist ein wahres Paradies; wenn nur ein großer Theil Derjenigen, welche zum Himmel vorbereiten sollen, es nicht zum Fegfeuer machten. Von Salzburg nach Ischl führt der Weg durch eine zauberhaft schöne Gegend; Jeder muß entzückt sein, wenn er die stolzen Berge zur Rechten und Linken sieht. Hoch bis zu den Wolken empor strecken sie ihre nackten Gipfel, von denen viele mit ewigem Schnee bedeckt sind. Das Panorama von Ischl ist herrlich, überraschend für die Fremden, welche dahin ziehen, um die vier Monate des Sommers die gesunde Gebirgsluft zu athmen; reizend; im argen Contraste damit aber ist das Leben der armen Gebirgsbewohner ganz in der Nähe. Diese wohnen auf den Bergen und in den Thälern in erbärmlichen Hütten, schlechte Kost ist ihre Nahrung. Eisig durchfröstelte es mich, wie auf der Höhe des Gletschers, als ich diese armen Menschen nach zwanzig Jahren so ganz unverändert in ihrer Lebensweise fand. Da spürt man von Besserung auch gar Nichts. Es wächst hier oben wohl kein Wein, keine Frucht, selten findet man ein schlechtes Obstbäumchen, nichts als wildes Gesträuch besäet das Gebirge; aber von dem Verdienste, den Bewohner anderer Gebirgsgegenden sich machen können, findet man hier keine Spur. Die bösen Geldverhältnisse in Oesterreich untergraben für diese Leute jede Gelegenheit dazu. Die armen Menschen hier wissen den Teufel davon, daß ein Giskra ein neues freies Oesterreich zu schaffen bemüht ist; nach den zwanzig Jahren und darüber meiner Abwesenheit fand ich einige Paläste in Ischl mehr, die armen Bergbewohner aber verkrüppelter und erbärmlicher denn je. Das Salzkammergut ist, wie ich schon erwähnte, eine der herrlichsten Gegenden, aber

nur für denjenigen, der mit vollen Taschen die schöne Welt be=
reist; hier findet das Auge die interessantesten Felsengruppirun=
gen, liebliche Thäler, klare, tiefblaue Seen; die Luft ist erquickend
und stärkend. Tausende von Fremden aller Nationen bringen da
die schönen Sommermonate zu; braust aber der erste Herbstwind
daher, so ziehen sie wie die Schwalben fort und lassen die Berge
und ihre eisigen Düfte den armen Hüttenbewohnern zurück. Im
Gegensatze zu der gesunden Luft während des Frühjahrs und
Sommers findet man bei Bewohnern dieser Gegend, hauptsächlich
in der Gegend um Ischl, eine große Masse verwachsener, hohl=
äugiger Cretinen. „Trottel" nennt man hier zu Lande diese
armen verkrüppelten Menschen, deren Körperbeschaffenheit eine
Folge der Lebensweise und Nahrung ist. Bettler sieht man in
Hülle und Fülle; im Sommer machen sie bei den Fremden eine
reichlichere Ernte, wenn aber im Winter der Schnee die Berge
deckt, sperren die armen Leute ihre Kinder ein, wenn sie auch
mehrere Tage sich entfernen, um Brod zu erbetteln. Bleiben sie
nun, wie es oft geschieht, 3—4 Tage und noch länger aus, so
passirt mit den unbehülflichen kleinen Geschöpfen oft ein Unglück
und das ist ebenfalls Ursache vieler Verkrüppelungen.

Salzburg, 31. Juli. Im Salzburgischen sieht man so recht,
was mangelnde Schulbildung im Gefolge hat. Die materielle
Armuth ist zu eng mit der geistigen verknüpft, als daß hier, wo
die Geistlichkeit sich mehr um ihre Macht und Einkünfte, als
um die Schule kümmert, nicht auch in dieser Beziehung es nicht
sehr schlimm stehen sollte. Würden den armen Tröpfen bessere
Schulkenntnisse beigebracht worden sein, so fänden sie leichter
Gelegenheit zu diesem oder jenem Erwerbszweige — doch die
Clerisei ist zufrieden, gehen ihre Beichtkinder ja recht fleißig in
die Kirche. Mit dieser Wirthschaft muß einmal gründlich ge=
säubert werden. Ich wollte, Alle, die so halb und halb das

Konkordat vertheidigen, würden an Ort und Stelle geschickt werden, um sich hier die Schöpfung der Geistlichkeit anzusehen. Einigen Verdienst machen diese armen Leute dadurch, daß sie in den kaiserlichen Salinen zu Hunderten arbeiten; ein großer Theil fällt auch in den äraischen Waldungen Jahr aus Jahr ein auf den höchsten Bergen das Holz und schafft es herunter. Fragt man aber, was so ein Mann bei dieser schweren Arbeit verdient, so wird man staunen, wenn die Antwort lautet, durchschnittlich 35 Neukreuzer, von denen hundert auf den österreichischen Gulden gehen. Hier ist in Wahrheit die Staatsökonomie zu Haus, hier weiß man zu sparen; dort in Wien stehen Kasernen, Klöster und Theater, die Millionen kosteten; dort preist man die Freiheit, das glückliche Wien feiert sein Schützenfest, während hier auf dem Lande die Bevölkerung hungert, geistig wie materiell. Soll denn unser hiesiger Bürgermeister nicht wissen, was zur Freiheit und zum Wohle eines Volkes gehört, soll man nicht Licht bringen diesen armen Bewohnern, daß auch sie zu fühlen anfangen, daß sie wissen, ein Herbst und ein Giskra regiere in Oesterreich? Aber freilich in den allerhöchsten Regionen ist Vieles noch nicht, wie es sein sollte. Wäre es nicht die höchste Zeit, dem Pfaffenthum Ernst zu zeigen; mehrere Würdenträger der Kirche greifen die Regierung mit scharfen Waffen an, und die Regierung ist leider von oben nicht so unterstützt, diesen Geschichten ein für allemal ein Ende zu machen. Die Wiener preisen die Freiheit des Wortes und die Freiheit der Presse; ist aber die Presse wirklich frei und kann jeder Landmann eine Zeitung lesen, in dem Lande, in dem hohe Kautionen und Stempel für dieselben bestehen. Freiheit! wie viel hat man zu ihrer Basis noch zu schaffen, wenn das Ministerium nicht energisch für die wahren Bedürfnisse des Volkes Sorge trägt und nicht mit allem Ernst die Feinde der Verfassung — die noch überall an der Spitze stehen — mit einemmale aufräumt, dann wird es noch lange nicht besser. Namentlich in letzterm Punkte darf sie keine

Rücksicht obwalten lassen, denn — man verzeihe mir das nicht sehr ästhetische Beispiel — eine Wanze steckt oft das ganze Haus an. Nur der innige, herzliche Anschluß an Deutschland und an Preußen kann Oesterreichs Rettungsanker werden, dann hat Oesterreich Kraft, nach innen sich zu stärken; aber unsere Schwarzen wollen mit „Worms" nichts gemein haben. Eher schließen sie mit dem „frommen" Napoleon, dem Beschützer des heiligen Vaters, ein Bündniß; denn dahin wird von Vielen unter ihnen gearbeitet. Beust ist jedoch zu deutsch, um ihren Wünschen zu willfahren, auch hoffe ich, daß er noch — ohne Napoleon — mit den Auf= rührern in der Kutte fertig wird; geht es in diesen Hinsichten vorwärts, dann hatte das Schützenfest einen Werth in der Ge= schichte.

Salzburg, 4. August. Am 31. d. M. verließ Beust seinen Erholungsort Gastein, passirte Salzburg, begab sich zu dem Kaiser nach Ischl, von dort nach Wien, wo er jetzt weilt, um am 10. d. M. wieder nach Gastein zurückzukehren. Beust begreift wohl die Schwere der Last, die auf seinen Schultern liegt; er begreift wohl, wie difficil es ist, ein gesundes, geistiges Oester= reich zu schaffen. Doch das ist unstreitig, Beust besitzt einen deutschen, unbeugsamen Geist, Entschlossenheit und Willenskraft. Für Beust gibt es nur zwei Wege, einen der zum Ruhme, einen andern der zur Verachtung führt. Beust ist von der Ueberzeugung durchdrungen, daß die liberale Partei des Reiches für ihn mit dem Leben einstehe. Beust weiß aber auch, daß jene finstere Pfaffenpartei, welche hier so zäh wie anderwärts an ihren Plä= nen hängt, Tod und Hölle heraufbeschwört, um seinen Sturz herbeizuführen. Wie muß diesem Manne zu Muthe gewesen sein, als er Salzburg passirte, dieses verdummte, bigotte Völkchen sich betrachtete, hier, eines Hauptsitzes der Ränke der Pfaffen von wo aus ihr Einfluß nicht zum kleinsten Theile kommt. — Salzburg hat Domikaner, Augustiner, Benediktiner und Franzis=

taner, wohlgenährte Priesterlein mit runden Aepfel = Köpfen,
meistens mit wohllüstig=verschmitztem Blicke, während der größte
Theil der Bewohner auf die erste Rekognoscirung das verdummte
Aussehen erkennen lassen, was alle die Völkerschaften gewähren,
die mehr zur Kirche als zur Schule angehalten werden. Wenn
man von äußern Ansichten aus urtheilt, so ist Salzburg freilich
sehr religiös, an jedem zweiten Hause ein Marien= oder ein
anderes Gnadenbild; fehlt ein solches an der Front des Hauses,
so kann man sicher darauf rechnen, es am Anfange der Treppe
zu finden. So wie es hier ist, so ist es noch vieler Orten in
Oesterreich, in Tyrol nicht allein. Die Macht der Geistlichkeit
ist nicht zu unterschätzen, waren doch die Tyroler=Schützen, die
gerade von dem freien deutschen Schützenfeste in Wien nach ihrer
Heimath kehrten und über hier gingen, so sehr von der Macht
der Gewohnheit inspirirt, daß sie es hier in ihrem ganzen Be=
nehmen gegen die Geistlichkeit nicht verläugneten, wie wenig die
zu Wien erhaltenen Lehren gefruchtet hatten. Sie tranken zu
Wien den Becher für ein einiges, großes, freies Deutschland
und in ihrer Heimath wirken sie für Ausschluß Derjenigen,
welche nicht ihren Glauben haben. Es ist kein erhebendes Ge=
fühl für einen Oesterreicher, der für freiere Zustände seines
Vaterlandes schwärmt, an solches Misère erinnert zu werden,
und wenn man noch obendrein bedenkt, daß die Pfaffen und ihr
Anhang die intimen Freunde des kaiserlichen Hauses sind, daß
der Erzherzog=Franz Karl dieses Jahr, sowie alle vorhergehen=
den, seine Wallfahrt zur Mutter Gottes nach Mariazell macht.
Gegen diese Leute zu kämpfen, ist ein Riesenwerk; wenn es nur
für den Protestanten Beust nicht zu schwer ist! Unwillkürlich
sprach ich Sonntags zu mir selbst, als ich mich in den reizenden
Gebirgen Salzburgs befand: So groß, so schön, so majestätisch
ist die Natur hier und so arm sind die Menschen darin. Ist es
nicht wunderbar, daß wo die Menschen geistig verkrüppelt sind,
die Geschäfte der Diener Gottes blühen? Wenn ich von Geschäften

spreche, so müssen Sie mir erlauben, Ihre Leser in das herrliche, liberale Geschäft der Dominikaner dahier zu führen. Der Wahrheit ihre Straße, das muß ich denselben zum Lobe sagen; so wenig ich auf ihr sonstiges Verhalten gebe, so sehr mußte ich ihren ächten, ungefälschten Wein rühmen. Als ich Sonntags den Dom verließ, sah ich einen Menschenstrom einem der Thore des Dominikanergebäudes zusteuern; ich zog mit zu dem berühmten Peterskeller und fand dort den besten Wein in ganz Salzburg, und das Lokal bereits so besetzt, daß ich kaum ein Plätzchen erwischen konnte. Nicht weit von der Wirthschaft sangen die Priester ihr «Dominus vobiscum» und daneben wird flott Wirthschaft gehalten, aber mit ächtem Wein, das konnte wieder aussöhnen. Die eigene Weinernte der Herren Dominikaner beträgt circa 12,000—15,000 Eimer, mehrere Tausend werden noch dazu gekauft, so daß sie ein ganz artiges Geschäft haben. — Kuranda, der einstmalige Redakteur des zu Leipzig erschienenen „Gränzboten", jener Kuranda, der das verborgenste Winkelchen in der Hofburg zu finden wußte, der förmlich alles, was Camarilla hieß, gehörig geißelte, jener Kuranda, der der Freisinnigsten Einer war, wie hat sich nicht dieses Männchen geändert! Nach der Revolution des 48er Jahres kam er nach Oesterreich zurück; er ist ein geborner Prager, ein tüchtiger Publicist. Kuranda redigirte nun ein Organ, die „Ostdeutsche Post"; die Sprache war eine kräftige, freie, die jeden freidenkenden Mann ansprach; er hielt sich in den Schranken der Mäßigung, kannte er doch zu gut die Verhältnisse. Als die Revolution bekämpft wurde, erhielt Kuranda einen Wink von oben, denn auch sein Organ wurde im Jahre 1849 unterdrückt; er gab sein Ehrenwort, loyal zu sein, nahm das Blatt wieder auf, schrieb nicht sauer und nicht bitter, nicht warm und nicht kalt. Für die Konservativen war es zu hoch; für die Liberalen zu nieder; so begann das sonst beliebte Journal an Abonnenten-Auszehrung zu erkranken und starb bald eines stillen Todes, unbeweint und unbeklagt. Doch der Verlust war für Herrn Kuranda kein großer, im Gegentheil, heute haben wir es nicht mehr mit einem ächten Volksmanne von ächtem Korn und Schrot zu thun, heute ist es nicht mehr der arme Redakteur der „Gränzboten", sondern der Herr „Ritter" Kuranda, die Brust geschmückt mit dem Leopolds-Orden, Direktor der k. k. Nordbahn, nunmehr so ein kleiner Fürst in seinem Gebiete. Diese noch kleinen Fürstenbeine stemmten sich hoch bei dem Schützenfest, um ein Deutschland à la Württemberg, à la ci-devant Frankfurt zu konstituiren.

Zürich, 26. Aug. Wie angenehm und erfreulich ist es für einen Korrespondenten, wenn es ihm gegönnt ist, die Feder in rosenfarbene Tinte zu tauchen, um den Lesern ein freundliches, erquickendes Bild von irgend einem Theile der Erde zu geben. In dieser Lage bin ich heute, indem ich Ihnen von den schönen Ufern des Zürcher-See's schreibe. Welchen Kontrast für mich, aus dem Czechenlande in das Herz der Schweiz versetzt zu sein, und besonders hier, in den Mauern Zürichs, die Schönheit und die Größe der Natur, aber auch den Fortschritt der Menschen zu bewundern. Wer das schöne Zürich nur im Bilde gesehen hat, freut sich desselben; doch was vermag ein Bild gegen die Wahrheit der Natur. Ein Theil der Stadt zieht sich dem freundlichen See entlang und der andere Theil ist majestätisch auf Berg und Hügel gepflanzt. Wer Herz, Gefühl und Sinn für die Schöpfung Gottes hat, wird in stiller Abendstunde, wenn die letzten goldenen Strahlen der Sonne die Gestade des See's beleuchten, sich unwillkürlich bezaubert von diesem seltenen Naturbilde finden. Das sind die Schönheiten der Natur, deren Reiz aber dadurch unendlich erhöht wird, daß der Mensch physisch und geistig gestärkt in diesem Thale ist und ein anderer Sinn herrscht, als in dem an Naturschönheiten nicht minder reichen Salzburg. Wohin das Auge hier streift, sieht es Alles, nur

keine Pfaffen, wie dort, und mit dem Mangel an Pfaffen-
überfluß erblickt man auch keine Dome mit massiv silbernen
Särgen, wie in Oesterreich, welche die menschliche Gesellschaft
Millionen kosteten. Man sieht keine Pfaffen, dafür aber auch
keine erbärmlichen, verwahrlosten und stumpfsinnigen Kreaturen,
nicht die Masse alter, zerlumpter Weiber, wie solche in meinem
guten Heimathslande in Schaaren vor den Kirchen, den Rosen-
kranz in der Hand, betteln gehen. In ganz Zürich fand ich
keinen einzigen Bettler auf den Straßen. Auf den herrlichen
Anhöhen der Stadt sieht man Gebäude, gleich Palästen, sich
erheben; diese Gebäude sind aber weder fürstliche Palais noch
Klöster, sondern sie gehören Privatleuten, welche durch Arbeit
und Energie wohlhabend geworden sind, oder es sind gemeinnützige Anstalten. Eine der letztern, welche ich besuchte, auf einer
Anhöhe gelegen und einem Schlosse gleichend, von einem präch-
tigen Garten umgeben, ist das Waisenhaus und trägt keine Auf-
schrift, auch nicht den in manchen derartigen Anstalten gebräuch-
lichen Spruch: „Gedenket der Armen" über der Thüre, dafür
aber ist es im Innern prächtig und äußerst praktisch eingerichtet.
Das Haus ist schön, groß und geräumig, die Fernsicht von den
Fenstern eine überraschende, die Sääle auf's Reinlichste gehalten,
die Kinder alle aufgeräumt und wohl aussehende; es waren
keine Kopfhänger darunter. Mittags um 12 Uhr saßen die
Lehrer mit den Kindern am Mittagstische, ich sah da eine gute,
kräftige Fleischsuppe, Fleisch hinreichend, Brod und Zuspeise; die
ältern Knaben erhalten täglich ein Glas Wein zum Essen. Fünf-
mal in der Woche gibt es Fleisch; das Frühstück besteht in ab-
wechselnder Suppe, das Abendbrod in abwechselnden Zuspeisen.
Wie für die leibliche, so wird auch für die geistige Erziehung
der Kinder gesorgt; letztere ist keine jesuitische, keine pfäffische.
Die Kinder werden liebevoll behandelt, die Knaben nicht mit
Holzsägen beschäftigt und die jungen Mädchen nicht mit Mägdearbeit
gequält, wie so oft anderwärts. Wenn die Kinder aus der

Schule kommen, haben sie Lehrer, die sich mit ihnen unterhalten und ihren Geist stärken; die Kinder sehen aber auch blühend und munter aus. Als ich das Haus verließ, wollte ich eine kleine Spende hinterlassen. „Mein Herr", sagte der Waisenvater, „dieses Haus ist so gestellt, daß wir keine Spenden brauchen; es besteht schon 100 Jahre und hat jährlich gewöhnlich 80—100 Waisen versorgt." So werden gemeinnützige Anstalten, zum Segen der Menschheit, in einem Lande verwaltet, in dem man die Pfaffenherrschaft ferne hält.

Zürich, 3. Sept. Nach dem Ihnen mitgetheilten Besuche des Waisenhauses setzte ich meinen Weg fort, um die Pfrundanstalt zu besuchen, die sogenannte „Bürgerversorgungsanstalt." Gerade auf einer der zuletzt beschriebenen entgegengesetzt liegenden Anhöhe, einem der schönsten Punkte der Stadt, erhebt sich ein palaisähnliches Gebäude, umgeben von einem niedlichen Garten und hier in diesem Asyl beschließt der Zürcher arme Bürger die Tage seines Lebens. Das Gebäude, von außen betrachtet, flößt schon jedem Fremden Respekt ein; hat er aber die inneren Räumlichkeiten durchgesehen, dann verläßt er mit einem gewissen Wohlbehagen diese Stelle. Ich bin überzeugt, daß der freundliche Leser mir mit Vergnügen folgen wird, wenn ich ihm dieses Bürgerasyl näher beschreibe; gewiß wird manches Menschenherz mehr Erquickung daran finden, als an der Beschreibung einer großartigen Kathedrale, wo jede Mauer eine Million gekostet, oder mit der Beschreibung eines Arsenals, das hundert Sääle zählt, in deren jedem hunderte von Mordinstrumenten aufgestellt sind. Hier handelt es sich um den Zufluchtsort einer armen Bürgerswittwe oder eines armen Bürgers, deren Kräfte geschwächt und die gezwungen sind, von den Anstrengungen dieses Lebens sich mit einem kleinen Reste ihres Vermögens zurückzuziehen. „Herzlich gern" war die Antwort, als ich um die Erlaubniß zum Besuche fragte, und mit der größten Zuvorkommenheit zeigte man mir die Anstalt in allen ihren Theilen. Jeder Inwohner hat sein eigenes Zimmer, und ist es ein Ehepaar, dann haben sie zwei Zimmer zusammen. Eine Treppe hoch befindet sich ein herrlicher, hoher Gang; die Reinlichkeit desselben, der Halle, entzückt das Herz; an jeder Thüre hängt eine kleine Tafel, welche den Namen der Bewohner anzeigt. In einem der Zimmer, von einem alten Mütterchen von 70 Jahren bewohnt, die, nett gekleidet, mich mit lachenden Mienen empfing, fand ich eine Sauberkeit, welche ansprach; die Einrichtung nett und einfach, schöne Bilder schmückten die Wände, ein niedliches Sopha mit Sessel und Fauteuil, ein schöner Kleiderkasten, nebst einem Arbeitstischchen am Fenster, auch eine kleine Bibliothek zierten das Zimmer. Sämmtliche andere hatten schöne Bilder, Spiegel, Uhren; das einzige, was ich vermißte, waren Heiligenbilder an den Wänden, dafür aber ein anderes, fromme Empfindungen weckendes Bild in Natura, die Bewohner, von der Jahre Last gebeugt, doch noch mit frischem Auge und freundlichem Antlitze. „Sie sind hier gut aufgehoben", sagte ich zu einer dieser Frauen. „O ja, Gott sei Dank, wir haben nicht zu klagen, wir haben alles, was wir brauchen, wir sind gut verpflegt, haben eine schöne Wohnung und eine Aussicht, wie sie nicht schöner in der Welt sein kann, und mit unserer Kost kann jeder Mensch höchst zufrieden sein", war die Antwort. Später führte mich meine freundliche Begleiterin in die Speisesääle; ich sage nicht zu viel, wenn ich behaupte, es seien Salons, wie ich in mancher Stadt sie nicht in Caffee's und Ressourcen fand, elegant ausgestattet; außer den Speisesäälen sah ich noch zwei Sääle, einen für die Frauen und einen für die Männer, zum Tagesaufenthalt, ferner die einfache, schöne Hauskapelle. Die Verwaltung selbst ist ausgezeichnet; wahrlich es thut wohl, wenn man in solchen Anstalten Menschlichkeit und Gewissen findet. Einen Pendant zu der Pfrundanstalt bietet das Kranken-

haus und ist es der Mühe werth, solches zu besuchen, um zu
sehen, auf wie liebreiche Weise arme kranke Menschen da be=
handelt werden ohne „Schwestern der christlichen Liebe." Dann
hat Zürich seit der vorjährigen Choleraepidemie noch ein In=
stitut erhalten, das lobenswerth ist. Es ist eine Anstalt, wo
der Arbeiter für 35 Rappen (Centimes) eine gehörige Schüssel
Fleischsuppe, mit einem tüchtigen Stücke Fleisch und dazu Brod
erhält. Dann hat Zürich das sogenannte Kantonalversorgungs=
haus, in dem Arme des Kantons ihre alten Tage verleben;
dort sind 4—6 Personen in einem geräumigen, luftigen Zimmer,
haben eine bürgerliche Kost und die daselbst geübte Reinlichkeit
und Ordnung kommt jener des Bürgerversorgungshauses gleich.
Der Kanton Zürich und die Stadt haben für das allgemeine
Wohl viel gethan, hier findet man den Bürgersinn vertreten.
Betrachte ich mir dagegen Prag, woselbst eine bedeutend größere
Vermögensmasse beisammen ist, als hier, und frage, wie sieht
es in dieser von Geistlichen gesegneten Stadt aus, so müssen
wir uns eine andere Antwort als in Zürich geben. Dort ver=
sinkt das Volk in seinem Schmutze und in geistiger Finsterniß,
hier lebt das Volk — Reich oder Arm — im Lichte des Selbst=
bewußtseins, in würdiger Thätigkeit und genießt die Tage seines
Lebens. Freilich sieht es in den sogen. „frommen" Kantonen
etwas anders als in Zürich aus.

* * *

Bern, 4. Okt. (Isabella und Napoleon.) „Gleich und gleich
gesellt sich gern" ist ein Sprüchwort, das in Bezug auf die
Obigen mehr als irgend ein anderes ein Wahrwort ist. Wie
und auf welche Weise der Thron Napoleons gegründet worden
ist, lebt noch in Jedermanns Gedächtniß. Die hochherzigsten
Männer, die für Freiheit und Menschenrechte fühlten und wirkten,
wurden in einer Nacht in Fesseln geschlagen, in die Kerker ge=
schleppt und während noch das Blut frisch auf den Straßen

floß, fing man an, in den Tuilerien den Thron für einen Mann aufzubauen, der bis zur heutigen Stunde sein eigenes Volk knebelt und tyrannisirt. Die „Gute, Fromme" Jsabella, wie bestieg sie den Thron Spaniens? Mußte nicht erst ein Blutbad angerichtet werden, der Bürgerkrieg erst das Land zerfleischen, daß auf dem mit Blut getränkten Boden Christine für ihre Tochter Jsabella, die noch in der Wiege lag, die Krone erringen konnte. Alle Welt weiß, daß nach dem Tode Ferdinands von Spanien Don Carlos nicht ungegründete Ansprüche an den Thron hatte. Die Königin=Wittwe Christine, der ihre Tochter Jsabella in Vielem gleicht, verstand es, die Liberalen zu ge= winnen. Die Worte, die sie damals sprach, sind noch so frisch an der Schwelle unserer Erinnerungen, als wenn sie erst gestern geredet worden seien. „Setzet die Krone meiner Tochter, dieser unschuldigen Jsabella, auf, welche noch in der Wiege liegt, ich will für dieselbe die Regierung leiten; werfen wir vereint den Usurpator Don Carlos nieder, mit der Regierung Jsabella's ist die Constitution und die Freiheit des Landes gesichert!" das waren die Worte Christinens. M. Munnoz stand ihr zur Seite, versüßte ihren Wittwenstand, der Bürgerkrieg wurde beendigt, die Krone der jungen Jsabella gesichert. Warum Christine aus Spanien verjagt wurde und wie Jsabella, das Kind der Revo= lution, auch nachdem sie ihren Vetter Francesco d'Assisi heirathete, sich in ihrem häuslichen und öffentlichen Leben aufführte, wollen wir hier nicht weiter berühren; scandalös im höchsten Grade war es. So wie Napoleon nach vorangegangenen blutigen Partei= kämpfen seinen Thron gegründet, so wurde auf ähnliche Weise derjenige Jsabella's errichtet; aus heftigen Revolutionen, schweren Parteikämpfen gingen beide hervor; Freiheit und goldene Berge wurden in Aussicht gestellt, Knechtung und Niederwerfung aller freiheitlichen Regungen waren aber ihr Gefolge. Während das Volk schmachtete und darbte, wurden in beiden Ländern Millionen vergeudet und auch zusammengescharrt. Jsabella, eine Frau, die

nur ihrer Leidenschaft lebte, der nichts heilig war, unter deren
Regierung das Blut ihres Volkes in Strömen floß, wird in
einer römischen Zuschrift die „keusche Rose" genannt, erhielt
von dort ein Benedikte, und ihr Helfershelfer, der Tyrann Nar=
vaez, die Absolution; wenn das nicht allen menschlichen Gefühlen
widerstreitet, so kann Nichts mehr dieselben aufbringen. Doch
was nützen Benediktion und Absolution; in der Blüthe ihrer
Jahre, sie ist 38 Jahre alt, im Taumel ihres Lebens, an der
Seite ihres Geliebten Marfori hat die Hand der Gerechtigkeit sie
ergriffen, sie ist nun in dem Lande, dessen Fürst Vergleichungen
und Betrachtungen über den Wechsel aller menschlichen Dinge
anstellen kann. Der Scandal in Spanien hat ein Ende, die
bourbonische Dynastie hat daselbst aufgehört und die weite Welt
jubelt über den Sieg der Revolution. Napoleon fühlt, daß auch
der Boden unter ihm zu wanken beginne, als er am 30. Sept.
die Nachricht von dem Sturze seiner Freundin Isabella erhielt,
mit der er eine innige Verbindung eingehen wollte. Napoleon
und die päpstliche Regierung haben von der Trias nun noch
allein das Verdienst, unter dem Schutze der Gewalt die Freiheit
niederzudrücken; wie lange noch, ist eine andere Frage, welche
sich vielleicht sehr bald entscheidet.

~~ ──

Bern, 18. Oktober. Der gestrige Artikel Ihres verehrten
Blattes, „Oesterreichs innere Zustände", veranlaßt Ihren Kor=
respondenten, der bereits Ihren verehrlichen Lesern vor Monaten
treu die Verhältnisse und die Gebahrung Oesterreichs schilderte,
einen Rückblick in sein leider faules, ermattetes und zerrüttetes
engeres Vaterland zu werfen. Speziell habe ich diesmal dabei
Böhmen im Auge, dort ist in Erfüllung gegangen, was ich
prophezeite, denn ich kannte den Czechenpöbel aus dem Jahre
1848 zu gut. Némec (Deutscher) und Z'id (Jude), das ist heute
die Parole für alle Gewaltthätigkeiten. Und doch ist das niedere

czechische Volk nicht so ganz zu verdammen, da diese armseligen Menschen seit Jahren dazu erzogen worden sind, Alles, was deutsch und Alles, was Jude heißt, zu hassen und zu begeifern. Dieses unwissenden Volkes, als Instrument, bedienen sich jetzt ein Rieger, ein Palacky, ein Strez'cinsky, ein Klaudi und Konsorten. Diese haben die czechische Bevölkerung zu einem Grade von Aufregung gebracht, daß die Nachricht eines Blutbades von dorten uns nicht unerwartet kommen darf. Die Pfaffen und die glorreiche österreichische Regierung hatten früher das Geschäft übernommen, das arme Volk zu verdummen und zu gewissen Zwecken auszubeuten. Der Pfaff, wenn er durch die Straße ging und einen Schulbuben Hep! Hep! den Juden nachrufen hörte, verzog zu einem sanften Lächeln seinen Mund; die Klerisei übernahm das Geschäft, den Religionshaß zu nähren, während die Regierung den Nationalitätenhaß weckte und förderte. Die Geschosse, welche eine österreichische Regierung zur Selbsterhaltung geformt hatte, sind jetzt in der Hand jener erbärmlichen Parteiführer eine Waffe, die theilweise gegen Erstere geführt wird. Freilich braucht man in Prag, um eine Revolution heraufzubeschwören, keine hunderttausend Gulden; mit hundert Paar Prager Würstel kann man dort das Judenviertel oder die Wohnungen der Deutschen demoliren lassen. Man soll aber, wie gesagt, nicht das czechische Volk, aber jene Regierung, die solche Menschen erzogen hat, verdammen; dann einen Klaudi, einen Rieger, einen Palacky, in deren Hand das arme Volk gleich einem Spielballe liegt; aber auch jene Männer, die seit April bis heute nichts gethan haben, um das Czechenvolk zu gewinnen. Hat Beust Ungarn alle zehn Finger gegeben, so hätte er als Mann, der heute glaubt, Oesterreich mit Weisheit regiert zu haben, für die Czechen auch etwas thun sollen. Wie ich aus zuverläßiger Quelle weiß, legte Jemand, der die Verhältnisse durchschaute, Herrn v. Beust ein Memorandum vor, was in Böhmen geschehen soll, worin derselbe sagte: Excellenz, ohne

Belagerungszustand und ohne Menschenopfer ließe sich Böhmen gewinnen. Jedoch die übergroße Excellenz antwortete nicht und heute muß man mit Bajonetten und Kanonen die Autorität der Regierung sichern. Nicht nur Ungarn zu gewinnen, war die Aufgabe eines Mannes, der heute das Ruder in Oesterreich führt; ein ehrlicher Staatsmann hätte sich auch um die Noth des czechischen Volkes bekümmert; hätte man die gemeinen Rädelsführer der Czechen dadurch matt gelegt, daß man das Volk selbst für sich gewonnen hätte, und dabei ein nicht beträchtliches pekuniäres Opfer gebracht, gewiß, es stünde für den Augenblick sicher besser in Böhmen. Die Regierung, oder besser gesagt, Herr v. Beust, hat aber geschlafen und sich von Hrn. v. Kellersberg, jetzt pensionirtem Statthalter, einlullen lassen. Der Letztere hielt stundenlange Audienzen mit Klaudi und Rieger, wenn aber Bürger, z. B. von Karlsbad, nach Prag kamen, und mit der Excellenz zu sprechen wünschten, war dieselbe fast stets mit Klaudi und Konsorten beschäftigt, die Bürger ließ man lange warten. Was Kellersberg in Prag und überhaupt in Böhmen geschaffen hat, liegt heute offen auf, zum Heile Oesterreichs war es nicht. Dieser wohlgenährte Staatsdiener, der noch vor einigen Tagen „mein lieber“ Kellersberg war, ist heute pensionirt und wird einige tausend Gulden aus dem armen Staatsbeutel ziehen? Warum? Weil er vortreffliche Dienste dem Staate geleistet? Gewiß nicht. Hätte Beust, anstatt auf die Berichte eines Kellersberg die Lage der Czechen sondiren zu wollen, selbst Hand angelegt, wäre man der äußersten Noth der Czechen mit Liebe entgegengekommen, hätte Beust Einsicht genommen, welches Elend in den meisten czechischen Städten herrscht, wäre man dort als Helfer, als Retter aufgetreten, so wären auch den Deutschen in Böhmen böse Scenen und dem Staate ein großes Aergerniß erspart worden. Hätte Herr von Beust mit Männern, die ihm wohlgerathen, sich in's Einvernehmen gesetzt, und die materielle

Noth der Czechen zu lindern gesucht, man brauchte jetzt keine Waffen zur Niederhaltung des Aufstandes.

⁓⁓⁓⁓⁓

Bern, 19. Ott. Ich gehöre nicht zu Jenen, die anders denken, als sie sprechen, deßhalb kann ich die Verhältnisse meines lieben Vaterlandes Oesterreich auch nicht anders ansehen, als sie sind, nicht rosa, sondern schwarz, sehr schwarz. Als alle Welt den österreichischen Verhältnissen zujubelte, als alle Wiener Blätter das noch vor Kurzem absolute Oesterreich als ein plötz- lich erstandenes politisches Paradies hinstellten, als Journale, Minister und Reichskanzler bei Gelegenheit des Schützenfestes ihre Fanfaren über die freien und frohen Zustände ertönen ließen und, davon angesteckt, die Besucher das Lob von dem starken, freien und gemüthlichen Wien durch alle Welten schickten, hatte ich mich damals in ganz anderer Weise ausgesprochen, so daß Mancher denken mochte, ich sei ein Feind Oesterreichs. Doch mit nichten, im Gegentheil, ich bin Freund der ganzen Welt und kämpfe stets mit meiner geringen Kraft für Recht und Frei- heit Aller! Sie erinnern sich vielleicht noch, als ich damals sagte, daß die Sonne der Freiheit in Oesterreich mich noch nicht recht zu wärmen vermöge und ich noch immer dabei den Ober- rock vertragen könne, ganz dasselbe muß ich heute noch aus- sprechen. Was bis jetzt in Oesterreich geschehen ist, berechtigt vollkommen zu dem Ausspruche, daß der Leiter der österreichischen Geschicke, von dem so viel Aufsehen in letzter Zeit gemacht wurde, weder ein Gladstone noch ein Russel ist. Um Oesterreich zu retten, nämlich um den Thron des Hauses Habsburg nicht gleich dem spanischen Throne preiszugeben, und um Oesterreichs Völker friedlich zusammen zu halten, daß nicht wieder Ströme Bluts den vaterländischen Boden beflecken, dazu braucht es einen Mann, mit einem wahrhaft freisinnigen Willen, der Maßregeln ergreift, die auf Festigkeit und Gerechtigkeit sich stützen. Solche Männer, die nicht die Zukunft berechnen, nicht die moralische Kraft haben, das heilige Recht der Nationen energisch zu verfechten, trotz aller Hemmschuhe, trotz aller Kanonen, Männer, die gleich einem Napoleon auf Kanonen und Belagerungszustand die Kraft ihrer Regierung stützen müssen, das sind Eintagspolitiker, und ihr Wirken niemals von dauerndem Glücke für das Volk. Hätte England keine Tories, keinen Derby und Genossen an der Spitze der Staatsmaschine gehabt, Männer, die stets nur für den Palast, für den Lord plädirten, Männer, die in jedem anderen Menschen nur eine wegen ihnen auf der Welt befindliche Maschine erblickten, wahrlich England hätte heute nicht so viele schändliche Scenen in Irland gehabt. Gerade so ergeht es Oesterreich mit Böhmen. Gladstone und Russel erkannten die Zeichen der Zeit und setzten ihre Agitationen mit unerschütterlicher Kraft in Bewegung. Diese Männer fanden das Heil und die Ruhe der Welt darin, alle Menschen zu Bürgern des Staates zu erheben, daß jeder Bürger das Recht habe, an der Gesetzgebung Theil zu nehmen. Russel speziell erhob seine Stimme für die Erziehung der arbeitenden Klassen, in guter Erziehung und allgemeiner Bildung findet er das Heil der Gesellschaft. Gladstone und Russel erkannten klar die Strömung der Zeit, sie warfen sich in die Mitte der Massen, suchten das Herz der Arbeiter zu gewinnen, diesen Stand zu kräftigen, indem sie ihn eine Zukunft sehen ließen, wo sie nicht mehr allein als das Werkzeug der Gesellschaft betrachtet werden würden. Wie würde es heute dort in England aussehen, wenn die Königin mit jenen verknöcherten Tories gegangen, oder sie hätte es gewagt, der Agitation eines Gladstone oder Bright Hemmnisse in den Weg zu legen? Frage ich, hat Franz Joseph auch einen Gladstone an seinem Reichskanzler Beust, der mit einer aufrichtigen, wahren Gesinnung für das Interesse der österreichischen Völker eintritt, oder welcher den Verstand und Geist hat, die Herzen der Massen zu gewinnen, so muß ich mit entschiedenem Nein antworten. Hätte Beust die

faulen Flecken im Czechenlande, in Polen, in Tyrol, genau er=
wogen, hätte er geprüft, wie und auf welche Weise der arme
dumme Czeche, und der Pole durch Jahrzehnte ausgenutzt wurde
von Regierung und Pfaffen, daß diese Aermsten mit Steuern
gedrückt, für ihre Erziehung und für ihr materielles Wohl aber
gar nichts gethan worden ist, wäre man zu anderen Resultaten
gekommen. Aber leider so wie Oesterreich arm in seinen Staats=
finanzen ist, eben so arm ist es auch an wirklichen Staatsmän=
nern.   Hätte Beust mit eiserner Hand das übergroße Vermögen
der Klöster und Stifte genommen und solches theilweise zu den=
jenigen Zwecken verwandt, welche der Allgemeinheit zu Gute
kommen, so wäre das eine That gewesen, welche Anklang ge=
funden hätte. Man hätte dafür Wohnungen für die armen böh=
mischen Arbeiter erbauen, Asyle für die Pflege Verwahrloster ꝛc.
errichten können, um so von Stadt zu Stadt, von Ort zu Ort,
überall der Noth entgegen zu treten. Wie viel ist noch in Gali=
zien zu thun, wo der arme Bauer, sein Weib, sein Kind, dessen
Schweine und Ziegen in einer erbärmlichen Hütte unter einem
Dache wohnen.   Selbst in dem glaubenseinheitlichen Tyrol und
in Salzburg ist noch arg viel Elend, während daneben die Klöster
im Ueberflusse schwelgen. Man denke nur an die gefüllten Stifts=
keller in Salzburg. Es ist Vieles faul in Oesterreich, wenn
auch die „Neue Freie Presse“ in süßen Worten noch so sehr
österreichische Zustände gegenüber denen anderer Staaten preist.
In einigen Monaten ist man wahrscheinlich wieder in der Lage,
mit Polizeimaßregeln und dem Haudegen hineinzufahren; dann
wird man sagen, Adieu Herren Giskra und Herbst, vielleicht
auch gute Nacht Herr von Beust.   Hätte Letzterer nicht zu viel
damit zu schaffen, wie es möglich ist, sich an Preußen zu revan=
chiren, so hätte er vielleicht mehr Zeit, daran zu denken, den
armen Czechen und Polen zu essen zu geben.   Es ist leider
Niemand an der Spitze der Regierung, der es ehrlich mit dem
Volke meint, der überzeugt ist, daß die Kraft der Regierung

durch das Volk wachsen müsse, daß zum Volke gehört, wer den Namen Mensch trägt. — Giskra, dieser Held der Pauluskirche, hat leider auch nicht verstanden, das Herz der Arbeiter zu gewinnen; in allen seinen Maßregeln erblickt man nur Halbheit. Das österreichische Ministerium sollte erkennen, daß vor Allem dem Volke Rechnung getragen, das Gesetz zum Freund des Volkes gemacht werden müsse; dann werden die Völker die Gesetze lieben und die Leiter der Regierung auf den Schultern des Volkes und von der Liebe desselben getragen werden.

Bern, 29. Okt. Kaum eine Spanne Zeit ist es, daß ich mich über den Staatskanzler Oesterreichs ausließ und schon kommen die Thatsachen zur Bestätigung meiner Voraussetzungen. Die Sprache, die Beust am 28. Okt. in der Kammerkommission führte, bewies schlagend, wie tief und gründlich ich diesen Mann durchschaute. Was wir längst wußten, daß Oesterreich auf bestem Fuße mit Frankreich steht, legt der Staatskanzler klar dar, wenn er auch bezüglich Preußens sagt, daß seine Politik jeden Gedanken der Rachsucht gegen dasselbe aufgegeben und Oesterreich sich bemühen werde, freundschaftliche Beziehungen zu Rußland zu erhalten. Warum aber dennoch 800,000 Mann Soldaten in dem verarmten Oesterreich auf den Beinen halten, was zu dem Gesagten ja gar nicht paßt? Beust muß hier ehrlicher sein, als er will; trocken bemerkt er in der Begründung seines Antrags: „Gegenüber der großen Möglichkeit eines Konfliktes zwischen Preußen und Frankreich ist es für Oesterreich nothwendig, eine mächtige Armee zu besitzen, um seiner Neutralität Achtung zu verschaffen!" Dem Himmel sei gedankt, daß wir nicht warteten, bis Beust uns ankündigte, die große Möglichkeit eines Konfliktes zwischen Frankreich und Preußen sei in Aussicht; seit der Luxemburger Angelegenheit haben Ihr Korrespondent und Viele den Ränkeschmied Napoleon nicht aus den

Augen verloren, nicht umsonst hat auch derselbe die Brust des Herrn v. Beust in Salzburg geschmückt. Ich schrieb zu jener Zeit, daß große Meister das schöne Salzburg zur Schmiedewerk= stätte umgestaltet hätten, betonte zugleich, welches Glück für Oesterreich es gewesen wäre, wenn Franz Joseph einen Mann gefunden hätte, der ihn mit König Wilhelm zusammengeführt haben würde, statt mit einem Mann, der ihm seinen besten Bruder gemordet und der stets Oesterreich Verlegenheiten be= reitete. Nach allen Vorgängen wäre es für uns Deutsche an der Zeit, sich die Frage ernst vorzulegen, wie steht es mit unserer Zukunft, wenn nicht bald die Franzosen selbst zur Ein= sicht gelangen und diese Weltplage unschädlich machen? In Oesterreich wurde an maßgebender Stelle seither immer gesagt, der Friede ist gesichert; jetzt auf einmal will ein Land, in dem Dreiviertel seiner Einwohner mit Noth und Sorgen zu kämpfen haben, ein Land, in dem Unwissenheit und materielle Noth Hand in Hand gehen, 800,000 Mann zu den Waffen rufen, eine solche Menschenmenge der Produktion entziehen und für die= selben Verpflegung von dem armen Volke verlangen. Herr von Beust sagte: „Wir haben jedes Gefühl der Rachsucht gegen Preußen aufgegeben!" Was solche Worte in dem Munde dieses Staatsmannes zu bedeuten haben, ist leicht zu erklären. Es soll heißen, Oesterreich will sich nicht an Preußen rächen, das heißt, wird jetzt Preußen keinen Krieg erklären, aber Beust wartet, bis Freund Napoleon die Brandrakete des Krieges in unser schönes Deutschland geschleudert hat, um dann ein starkes Veto gegen die jetzigen deutschen Verhältnisse einzulegen, dazu muß das arme Land 800,000 Mann parat halten. Daß Europa nicht aus der fatalen, ja erbärmlichen Situation herauskomme, haben wir allein Napoleon zu verdanken, der mit neidischen Augen darauf herabsieht, daß das deutsche Volk von dem natür= lichen und göttlichen Rechte, sich zu einigen, Gebrauch machen will. Napoleon gibt den Wahn nicht auf, den gekräftigten Nerv

Deutschlands zu zerschneiden, und Oesterreich scheint die Hand dazu bieten zu wollen. Wie traurig sieht es noch mit dem Fortschritt aus, wenn zwei Männer es vermögen, daß hunderttausende Menschen unter den Waffen stehen müssen, um an dem Marke des Volkes zu zehren. Ich halte die Lage für sehr ernst und in derselben eine doppelte Mahnung an das deutsche Volk, sich zu einen.

Bern, 7. Nov. Noch nie waren die Staaten Europa's so bis zu den Zähnen bewaffnet, wie in dem jetzigen Augenblicke, ja sogar das arme Oesterreich will seine Armee auf 800,000 Mann bringen, um seine Neutralität aufrecht zu erhalten. Deutschland, vielmehr Preußen, hat es nothwendig, weil sein freundlicher Nachbar 1,200,000 Mann unter Waffen hat und in den französischen Arsenalen über Hals und Kopf gearbeitet wird, und so wie Frankreich rüstet, sind Rußland und Italien gedrängt, nicht zurückstehen zu dürfen. Bedenken wir, daß alle diese Menschen der Arbeit und der Industrie entzogen, daß dieselben von dem Schweiße des armen Bürgers gekleidet und ernährt werden müssen, daß aber bis zur Stunde aus Anlaß dieser Rüstungen noch kein Kanonenschuß gehört wurde, so müssen wir uns fragen, wie es möglich sei, daß jene Regierungen solche Lasten auf die Schultern ihrer Völker hinauflegen, wenn in ihrem Herzen keine Eifersucht, keine Rache, kein Egoismus herrscht, nur das Wohl ihres und der Nachbarvölker sie beseelte? Würde man sehen, daß der Herrscher der Franzosen anfinge, die Rüstungen in den Arsenalen einzustellen, das Militär auf ein Minimum zu reduziren, seine Kraft und seine Mittel dazu verwendete, um Schulen zu errichten, die Lehrer besser zu besolden, anstatt an überflüssige Generale das Geld zu vergeuden, so würde man in ihm den Mann des Friedens erblicken und seinen Worten Vertrauen schenken, so aber ist man genöthigt, immer das Gegentheil von dem zu glauben, was er sagt. Was

hat aber Napoleon durch alle seine Rüstungen gewonnen? Nach=
dem noch kürzlich der „rothe Prinz" incognito in Italien war,
um den König in die Arme Napoleons zu treiben, indem er ihm
vorstellen mußte, daß es um die Dynastie Savoyen geschehen
sei, wenn die Revolution, die nur auf ein Signal warte, um
die Republik zu proklamiren, siegreich werde, kamen zwei Er=
eignisse, welche alle Entwürfe seiner Politik lahm legten. Der
Sieg der Revolution in Spanien und der Sieg der Republikaner
in Nordamerika haben ihm einen starken Strich durch seine Rech=
nung gemacht. Die nächste Frucht des amerikanischen Ereignisses
wird in England reifen, wo die Reformpartei mit den ameri=
kanischen Republikanern Hand in Hand gehen wird; die Tories
werden schon aus dem Amte gedrängt, die Alabama=Frage wird
ihre Lösung finden und mit dem Eintritt der Liberalen in die
Regierung verschwindet Napoleons letzte Stütze in England.
Napoleon scheint die Lage der Dinge auch richtig zu würdigen,
seine Annäherung an Preußen scheint unzweifelhaft, denn die
Reise des Herrn Benedetti nach Berlin hatte sicher keinen andern
Zweck, als Berlin versöhnend zu stimmen. So manches Ge=
schehene der jüngsten Zeit deutete auf diese gegenseitige versöh=
nende Stimmung hin. Herr von Solms hat das Tuilerien=
Kabinet in Kenntniß gesetzt, daß die preußische offizielle Presse
eingeladen worden ist, den Ton in der Schleswig'schen Frage
ruhiger zu halten, dann hat die Kaiserin Eugenie dem Grafen
v. d. Goltz einen Besuch abgestattet, bevor derselbe Paris ver=
ließ. Das Alles läßt die Kriegsbefürchtungen mehr in den
Hintergrund treten; wann wird aber der Grund zu dem be=
ständigen Mißtrauen, das fortwährende Rüsten, abgestellt?

Jahrgang 1869.

Bern, 1. März. Der Telegraph hat uns die Nachricht gebracht, der Kaiser von Oesterreich ist in Triest, man hat mit allen Glocken geläutet, das Volk hat sich herzlich um ihn gedrängt und der Podesta hat ihm die Anhänglichkeit seiner Triestiner zu Füßen gelegt. Wie oft wurden nicht in Venedig und in Mailand die Glocken geläutet und wie oft haben wir nicht von dem herzigen Empfang des Monarchen gelesen, doch die Zeit lehrt es, wie weit die Liebe des Volkes für das Haus Habsburg schwärmte. Jenes Oesterreich, das keine Mittel unversucht ließ, um Italien unter seiner Ruthe zu behalten, jenes Oesterreich, das hunderte Italiener erschießen und hängen, Tausende in den Kerkern verkümmern ließ, jenes Oesterreich, das auf den Kopf Garibaldi's 100,000 fl. setzte, ist heute der Herzensfreund Victor Emanuels! Hierher erlauben Sie mir eine Scene zu berühren, bei der Ihr Korrespondent Augen= und Ohrenzeuge war. Im Jahre 1849 als Ferdinand abdankte und Franz Joseph den Thron bestieg, die Constitution vernichtete, den Reichstag in Cremsir auflöste, zu jener Zeit war ich in Olmütz und hatte eine Audienz bei dem Grafen Grünne, dem damaligen ersten Adjutanten des Kaisers und dem Gott des Hofes. Während ich im Vorsaal wartete, denn der Erzbischof war gerade mit dem Grafen beschäftigt, kam eine Depesche, daß der Tyrann Haynau Brescia genommen habe. Wahrlich ich besitze nicht die Kraft, um Ihnen den Enthusiasmus zu schildern, welcher in diesen Hofmauern damals herrschte. Die Thüren flogen auf und zu, Grünne rannte zum Kaiser und mit meinen Ohren hörte ich den Obersten Graf Smolka aus=

rufen: Wenn er nur die Canaillen bis zum letzten Mann nie-
dergemetzelt hätte! In meinem Herzen dachte ich: chi ride oggi,
piange domani! (wer heute lacht, weint morgen). Nun Ihr
süddeutschen Brüder, nehmt Euch ein Beispiel an Victor Ema-
nuel und Franz Joseph. Sie haben sich ausgesöhnt, sind einig
und nennen sich Freunde. Wäre es nicht eine ewige Schmach,
wenn der Süden Deutschlands mit dem Norden sich nicht aus-
gleichen könnte. Reicht Euch die Hände und zeigt ihnen, daß
auch Ihr eins seid. — Ihr geschätztes Journal von gestern
bringt eine englische Stimme über die Tripelallianz. Sie findet
es absurd daran zu denken, daß solches möglich sei. Ich finde
es nothwendig, Ihnen eine Bemerkung darüber zu machen. Ich
habe in England gelebt und mit bedeutenden Staatsmännern
verkehrt, ich kann Ihnen mit Bestimmtheit sagen, daß die Mei-
nungen über kontinentale Angelegenheiten dort sich stark geändert
haben. Das Grundprinzip des Engländers ist heute, jedes Volk
hat für sich zu sorgen, jedes Volk besitzt die Kraft in sich, um
frei zu athmen, wollen einzelne das Joch tragen, so sind wir
nicht da, um sie in ihrer Ruhe zu stören. So groß England
ist, so werden sich doch keine zehn Stimmen darin finden, die
daran glauben wollen, daß Preußen gegen Oesterreich das Schwert
ziehen werde. Tausende Pfunde wurden gewettet, daß es keinen
Krieg gebe. England wünscht keinen Krieg. Alles, was England wünscht, ist, sein Haus wohl zu ordnen, um ruhig seine
Geschäfte nach dem Continente zu machen. So wenig man in
England wußte, daß Napoleon über Nacht sich zum Kaiser machen
werde, so wenig wissen sie heute in England, was wirklich unter
der Decke gespielt wird. Wenn Franz Joseph es vorzieht, die
ihm von Napoleon angethane Schmach zu vergessen, die ihm
von Italien bereiteten Demüthigungen zu übersehen, sich aber
bis zur Stunde noch nicht mit Preußen auszusöhnen, so mahnt
das uns, aus voller Brust auszurufen: Deutsche Brüder, auf!
reicht Euch die Hand und steht wie ein Mann da. Die Herzen

des italienischen Volkes sind mit Euch. Euere Einigkeit kann die Geißel des Kriegs abwenden. Euere Uneinigkeit kann Europa auf 100 Jahre zurückwerfen! — Buisson, ein geborener Franzose, hat hier letzten Sonntag über das reformirte Christenthum gesprochen, ich habe ihn gehört und stimme ganz und gar nicht mit der Korrespondenz in der Augsb. Allgem. Ztg. überein, die den Vortrag Buissons in's Lächerliche zieht. Ich habe Buisson aufmerksam zugehört, er ist noch jung, spricht warm und anspruchslos, seine Sprache geht zum Herzen. Buisson will nichts Neues, er sagte es selbst, wir wollen das Christenthum in seiner Einfachheit; einen Glauben ohne Firlefanz, ohne Vorurtheile, einen Glauben ohne Mirakel. Wir wollen ein Band der Liebe bilden, alle Menschen lieben und achten, helfen, um den wahren Gott allein in dem täglichen Wunder, das sich vor unsern Augen entfaltet, zu bewundern. Haß, Bosheit und Verfolgung wollen wir ausrotten, das Gute der Bibel behalten und die Vorurtheile verbannen. Wie ich Buisson auffaßte, ist es ein Gemüth, welches heute mit Vergnügen sein Leben hergeben würde, könnte er alle Menschen zu Brüdern machen. Sind solche Worte zu persifliren, wenn man es ehrlich mit allen Menschen meint?

Bern, 29. März. Sie werden mir erlauben, der Rede des Kaisers Napoleon einige Minuten zu widmen. Als ich diese Rede las, staunte ich, daß in unserem Jahrhunderte, wo der menschliche Geist es dahin gebracht, wenn wir Montags die Sonne im atlantischen Ocean aufgehen, wir Samstags die goldenen Strahlen derselben im Stillen Meere untergehen sehen können, daß in dieser Zeit noch ein Regent mit seinem Volke spricht, wie ein Schulmeister mit ungezogenen Kindern. Nach meiner Ansicht ist dieser Mann nicht physisch, sondern geistig krank, denn das leuchtet klar aus seinen letzten Gebahrungen hervor. Sein Kopf, der 1866 eine bedeutende Quetschung er-

litten, scheint jetzt noch um ein Bedeutendes erschwert, wenn er
an das mit Riesenschritten herannahende Ende der jetzigen De=
putirtenkammer denkt und mit Angst dem Ergebnisse der gegen
ihn wirkenden Parteien entgegen sehen muß. Welche Verzweif=
lung liegt nicht in den Worten: „Es ist Pflicht der Regierung,
entschieden allen berechtigten Wünschen nach Verbesserung zu ent=
sprechen, dagegen aber eben so fest subversive Theorien und sträf=
liche Begehrlichkeiten von der Hand zu weisen!" Ist das nicht
mehr die Sprache eines Kerkermeisters mit seinen Sträflingen,
als diejenige zu einem Volke, das sich bereits ein Ehrenblatt in
der Geschichte der Civilisation erworben hat. Wollen denn die
Franzosen morden, rauben oder Brand legen, daß ihr Kaiser
von sträflichen Begehrlichkeiten mit ihnen spricht? Zupfe
dich, du unschuldiges Täubchen, an deiner Nase und erinnere
dich ein wenig, was dein Begehren unter Ludwig Philipp war,
nehme deine eigenen Schriften zur Hand, die das Volk besitzt,
und mußt du dann nicht erröthen über deine eigenen Worte?
Doch ich glaube, der Mann ist geistig krank, denn es könnten
sonst unmöglich diese Worte über seine Lippen gekommen sein.
Was meine Behauptung weiter noch zum Theile bestätigt, ist,
wenn wir den Schluß der Rede einer moralischen Prüfung unter=
ziehen, wo es heißt: „Die Ordnung wird von der höchsten
Autorität aufrecht erhalten werden, weil die Kraft sich auf die
befriedigte Vernunft und auf das befriedigte Gewissen stützen
wird." Wo ist heute in dem großen Frankreich ein Mann, der
seinen Blick ungetrübt gegen Himmel erheben kann, wenn er
nicht in dem Solde dieses Musterfürsten steht, der nicht das
heutige Regime in Frankreich mit Koth bewirft? Kann in
einem moralischen Menschen die Kraft der Vernunft wohnen,
daß er ungerührt Millionen und Milliarden verschlingen sieht,
um den Jesuitismus und Despotismus zu befestigen, während
Algier vom Hunger decimirt wird? Läßt sich der Vernunft und
dem Gewissen des Kaisers — jetzt der Liebling des heiligen

Vaters — ein anderes Zeugniß ausstellen? Ist das Vernunft, ist das jesuitischer Glaube oder ist das Religion? Ich frage, läßt der liebe Gott tausende von Menschen dem Hungertode er= liegen oder ist es die menschliche Gesellschaft sammt ihrer Reli= gion, die daran Schuld trägt? Ist es nicht unsere Pflicht, wenn wir in einem Theile Noth finden, mit Vergnügen jenem einen Theil unseres Ueberflusses abzulassen, damit sie nicht vor Hunger sterben? Haben wir nicht aus der Hand des Vaters Aller den Ueberfluß? Doch der Kaiser der Franzosen und sein Jesuiten=Anhang spricht von Vernunft und Gewissen, ein Mann, den die Geschichte des öftern Wortbruchs öffentlich an= klagt, ein Mann, der in seinem ganzen Gewissen kein reines Fleckchen hat, der spricht von Gewissen; da glaube ich doch, der Mann ist geisteskrank. — Viel macht die Berliner „Post" hier von sich reden, in der der verunglückte Theaterdirector Stein ein schmähliches Bild von der Schweiz entworfen. Die Schweiz in diesem Lichte darzustellen, wie sie Stein bezeichnete, ist mehr als erbärmlich; wohl gibt es hier auch Uebelstände, ich berührte es Ihnen schon in früheren Correspondenzen, doch der unpar= tei'sche Mensch wird von diesen Gebirgsbewohnern anders und wohlmeinender sprechen müssen. Die Schweiz hat herrliche Berge, prächtige Thäler, aber sie hat nicht, wie Böhmen, meilenweite Weizen= und Kornfelder. Ihr Boden ist arm, von Steinen und den schönsten Felsen können die Menschen nicht leben, dafür ist das Ländchen aber betriebsam, sehe man nur, welches Leben und welche Thätigkeit in diesen Bergen herrscht. Ist auch der Geist in den einzelnen Kantonen verschieden, so stammt das von der verschiedenen Gesetzgebung her, so z. B. habe ich in der pro= testantischen Schweiz überall herrliche Schulgebäude, ausgezeich= nete Versorgungshäuser, wohleingerichtete Spitäler und besonders sehr gute Waisenhäuser gefunden. Gestern war ich in dem Waisenhause hier und habe mich über die schöne und zweckmäßige Einrichtung daselbst herzlich gefreut. Das Waisenhaus steht auf

einem freundlichen Platze, mitten in der Stadt, mit einer schönen
Fernsicht; es zählt 70 Kinder, welche hier wohl aufgehoben sind
und sich nicht in „jesuitischen" Händen befinden. Die Kinder
haben hier eine gute Schule, drei Lehrer wohnen im Hause, noch
andere auswärts. Hier haben die Kinder nicht täglich Kartoffeln
oder Brodsuppe, wie in manchen anderen Anstalten, sondern
dreimal wöchentlich guten Kaffee, die anderen Tage eine gute
Gebirgsmilch, täglich Gemüse und Fleisch 2c. Jedes Kind, mit
dem ich von der Anstalt sprach, und zwar außerhalb der An=
stalt, denn es gehen oft zu zwei und zwei Alle spazieren, ver=
sicherten mich ihre Kost sei vortrefflich, die Behandlung väter=
lich. Außer den Lehrstunden können sie ihre Spiele selbst wählen.
Ich ging mit einem befriedigten Herzen aus dieser Anstalt und
dachte: Dr. Stein, wie müßtest du Böhmen 2c., Oesterreich über=
haupt schildern, wenn von einem Lande, in dem für Kranke,
Schwache und Verwaiste so mild gesorgt wird, du ein solches
Bild entwerfen kannst!

Bern, 6. April. Nur ein kleines Stückchen Erde bildet die
Schweiz und nur etwas über 2 Millionen Einwohner bewegen
sich zwischen ihren Riesenbergen und doch finden wir in dem
jetzigen Augenblicke eine geistige Thätigkeit, wie wir sie sonst in
keinem Lande auf dem Continente sehen. „Vorwärts! Vorwärts!
Fort mit der alten engen Jacke, die den freien starken Athem
hemmt!" tönt es aus der Brust aller Liberalen und von Stadt
zu Stadt und von Dorf zu Dorf dringt die Seelengluth dieser
Worte; ich bin überzeugt, daß die Kraft des Liberalismus hier
die Palme des Sieges davon tragen wird, denn sie war es, die
bis heute schon mancher der jesuitischen Schlangen den Kopf
zertreten und wie ein Mann steht gegenwärtig der Liberalismus
auf den Beinen, um mit den Jesuitennestern ein für allemal
aufzuräumen, mächtig donnert es von Kanton zu Kanton um

die Bundesrevision, um mit ihr ein in dieser Beziehung plan=
mäßigeres Bundesregiment durchzuführen. Nach meiner unmaß=
geblichen Ansicht glaube ich, daß die Liberalen der Schweiz mit
circa 50,000 Stimmen aufkommen, und so durch Volkswille die
Schweiz in kurzem in verstärktem, verschönertem politischen und
socialen Leben dastehen werde. Samstag Abend hatten wir hier
eine Versammlung liberal sein wollender Großräthe, welche sich
aber gegen das Verlangen der Unterschriften der 50,000 Stimmen
aussprachen, vielmehr für das Einstehen für eine partielle
Revision plaidirten. Ich hoffe aber, trotz dieser Herren, in
der nächsten Zukunft meine Vermuthung bestätigt und die radikale
Bundesrevision durch die Initiative des Volkes hervorgehen zu
sehen. „Wenn man einmal auf den Pelz klopft, so ist es besser
ganz als nur halb“, das ist der Wille unserer Liberalen. —
Hinsichtlich Desjenigen, was der überweise österreichische
Staatskanzler mit der Annäherung an Italien bezwecken will,
glaube ich mit mir im Reinen zu sein. So nebenbei gilt es
Spanien, da es schon lange zu den öffentlichen Geheimnissen
des französischen und Wienerhofes gehört, daß man daselbst
Alles aufbietet, damit Spanien einen katholischen König und die
katholische Religion als Staatsreligion behalten soll. Neben
diesem Zwecke eilt Beust — der Diener Napoleons — nach
Italien, um energische Vorstellungen zu machen, daß man die
Garibaldianische und die Mazzinische Partei ersticken müsse. Den
österreichischen und französischen Machthabern ist es bei dem
jetzigen Stande der Dinge in Italien nicht wohl. Wie ich aus
guter Quelle weiß, betont Beust in Florenz, wie nur mit der
Hülfe Frankreichs und Oesterreichs die revolutionären Elemente
zum Stillschweigen gebracht werden könnten, daher Viktor Ema=
nuel nichts anderes zu thun habe, als aufrichtig mit Oesterreich
zu stehen, das heutige Oesterreich nicht mehr zu beunruhigen
und vereint mit Frankreich das römische Territorium dem Papste
zu schützen, zur Unterdrückung jeder Revolution stelle sich Oester=

reich an die Seite Frankreichs. So will man vor der Hand
Italien sich sichern, d. h. den König, dem heute sein Kopf
schon so voll von Oesterreich und Frankreich geblasen ist, daß
dieser arme Viktor nicht weiß, was er anfangen solle; in diesem
Rausche hat er auch seinen Neapolitanern gesagt: „Die Zeit
war noch nie so ernst und so gefahrvoll als die jetzige!" Hier
liegen klar die Züge des österr. Kanzlers, während er scheinbar
das Concordat auflösen will, — arbeitet er mit an der Befesti=
gung des römischen Stuhles. Er wäre nicht der einzige prote=
stantische Minister, welcher der päpstlichen Hausmacht und dem
Ultramontanismus das Wort redet, denken wir nur an Guizot
und den schweizerischen Sonderbundskrieg, an Dalwigk und die
Mainzer Convention. Wie sich in Wien Herbst und Giskra zu
Solchem stellen werden, ist eine andere Frage. Hier erlauben
Sie mir auszurufen, wie einst David sprach: „Ich will nicht
sterben, sondern leben, — um das Ende dieses Flickwerkes zu
sehen! — um das Ende jener Staatsmänner zu sehen, die dem
Gedeihen und Aufblühen einer gesunden deutschen Nation alle
Hemmschuhe entgegenwerfen, müßte ich hinzusetzen. Wird es
Beust gelingen, Deutschland zu vernichten, oder wird deutsche
Kraft ihm zeigen, was sie vermag? Wir wissen ja, was nach
Spanien und Italien das Endziel der Beust'schen Träume ist. —
Wir erfreuen uns seit dem neuen Jahr hier eines Journales:
„Die Tages=Post", welche mit Wärme und Offenheit die heutige
Situation behandelt. Herr Dr. Roth ist Chef=Redakteur, Herren
Arnold Lang und Beck Mitredakteure, und alle drei beseelt die=
jenige wahre Humanität, welche die Fahnenträger des Fortschritts
bilden, die muthig den öffentlichen Weg betreten haben und mit
Kraft und Energie für das Recht Aller einstehen, mit scharfer
Feder und aller Logik für die Bundesrevision plaidiren. Erlauben
Sie mir, dieses Blatt meinen deutschen Brüdern zu empfehlen,
denn aus demselben können sie die Lage der Schweiz am besten
kennen lernen.

Bern, 13. April. Als ich noch ein Kindlein war, klang es so sanft und so mild in meinen Ohren, wenn meine Lehrer sagten: „Das ist der Stellvertreter Gottes und Nichts gleicht ihm auf Erden!" Als ich aber die Kinderschuhe auszog, fing ich an, den Herren Theologen ein wenig in ihre Camera obscura zu blicken. Der Lehrsatz: „Was du nicht willst, das dir geschehe, thue einem andern nicht!" wurde der Leitfaden meiner Theologie. Blickte ich um mich herum, so mußte ich oft schaudern und mit Wehmuth ausrufen: „Gott aller Welten, diejenigen, die deine Lehre verkünden sollen, wie benehmen sich Viele derselben!" Der erste Akt, der mein Herz revoltirte und die Verachtung gegen pfäffisches Getriebe in meinem Herzen wach rief, entschwindet niemals meinem Gedächtniß. Eines schönen Sommermorgens ging ich spazieren, einige Pfaffen mit runden Bäuchlein gingen an mir vorüber. Es waren der Herr Dekan und Compagnie, welche eben auf den Feldern den Zehnten nach Hause schafften. Ihr Wagen fuhr von Feld zu Feld, von den armen Bauern den Tribut einzuheimsen. Während die Diener Gottes auf dem Felde mit lachender Miene das Ergebniß des Schweißes der Landleute zusammen schafften, rückte eine Horde Bauern mit ihren Gespannen heran, den Robot ihres Gutsherrn zu verrichten. Wie Blutstropfen stand der Schweiß den armen Leuten auf der Stirne und der Söldling des Herrn Baron, man nennt ihn in Böhmen Drab, kommandirte sie gleich Thieren. Endlich hörte ich ihn brüllen, wo ist denn der Waclau, kommt der heute wieder später. Nun dem Hund will ich es zeigen. Eine Viertelstunde verging und der Waclau kam mit einem Vier-Ochsen-Gespann daher. Der Drab, als er ihn erblickte, eilte auf ihn los, der Bauer zog seine Kappe und wollte sich entschuldigen, aber kaum hatte er den Mund geöffnet, donnerte es tusch, tusch (deutsch still, still) und im Nu hatte der Drab ihn auf dem Boden und gab ihm 25 Hiebe, den letzten mit den Worten: »Néckom ne sapomenest!« (jetzt wirst du nicht mehr vergessen.) Unsere

Pfaffen, die dabei standen, rührten sich nicht, der Herr Dekan steckte seinen Stock fest auf den Boden und sah dem Schauspiel zu, kein Wort des Erbarmens kam für den armen Bauern über seine Lippen, bald darauf erschien seine Wirtschafterin, eine blühende junge Person, mit ihr schäkernd trat mein Diener Gottes den Rückweg an. Mit dieser Scene erwachte in meinem Geiste ein Widerwillen gegen die Klerisei, den ich nie mehr los werde. Als ich das Treiben und Brüten der Jesuiten in meinem daran gesegneten Vaterlande Oesterreich ansah, mußte ich alle Achtung vor diesen Leuten verlieren; in wem nur ein Körnchen gesunden Sinnes ist, muß den Stab über eine solche Gesellschaft brechen. Für die Leiden des Volkes haben solche Männer keinen Sinn, keine Ohren und keine Augen. In ihren Pfründen und Klöstern häufen sie Reichthümer zusammen, das kann gewiß nicht christlich genannt werden; gegen Solches sollte einmal von „Oben" herunter eingeschritten werden, doch das geschieht nicht. Es wäre nützlicher als Encyklika und Syllabus. — Wenn je ein Werk den Geist erhellen und erquicken kann, so ist es gewiß die „Lateranische Kreuzspinne" von Dr. Huber, Dozent an der Hochschule in Bern. In derselben sind die Jesuitenbilder so natürliche Photographien, hier lernt der Laie kennen, was ein Jesuitenthum vermag, darin kann er sich über das Papstthum Belehrung schaffen. Wäre der Leser heute der treueste Anhänger religiöser Finsterniß, so bin ich überzeugt, daß ihm das Buch mindestens vielen Stoff zum Nachdenken biete. Dieses Buch führt zum wahren Christus.

*

Bern, 1. Mai. Mir selbst sträubt sich das Haar auf dem Haupte, wenn ich in die Zukunft blicke, die Franzosen aus ihrem Schlafe erwachen und sie von den Vertretern der Nation Rechenschaft verlangen sehe, von denjenigen Männern, die sechs Jahre lang Hand in Hand gegangen sind mit einem engherzigen und

egoiſtiſchen Deſpotismus, der ein reiches, geſegnetes Land gänz=
lich zu entnerven und dem Ruine zuzuführen beſtrebt war, wäh=
rend ein früherer Carbonari und ſeine Conſorten ihre Schatullen
mit Milliarden füllten. Schrecklicher Gedanke! Männer des
Volkes geben ſich des ſchnöden Goldes halber her, ihre eigenen
Brüder in Feſſeln zu ſchlagen, ihr edles Blut und ihr Geld
einem Deſpoten zur Verfügung zu ſtellen. Der jetzt von der
politiſchen Bühne ſcheidende „Geſetzgebende" Körper legte Hand
an, Afrika auszubeuten und zu vernichten, er ſah mit an, wie
das arme Volk dem Hungertode preisgegeben wurde, dieſe Ver=
treter des Volkes waren es, die mit halfen, eine ſchändliche
Politik in Italien durchzuführen, um dem weltlichen Regiment
des Papſtthums, dieſem Krebsſchaden der menſchlichen Geſell=
ſchaft, — als Freunde der Feinde des Lichtes und der Wahr=
heit — Blut und Gut zur Verfügung zu ſtellen. Der nun
ſcheidende Geſetzgebende Körper war es, der einem Carbonari
theuere Landeskinder und Milliarden Geldes zur Disposition
ſtellte, um das freie Mexico zu ſtürzen und Kinder eines freien
Landes einem Sprößling des Hauſes Habsburg dienſtbar zu
machen; dieſe Corporation war es, die den unerhörteſten Augen=
Luxus mit heraufbeſchworen, um ein thätiges, denkendes Volk
in einen Champagner=Rauſch zu wiegen und, während das eigene
Volk dem wechſelnden Rauſche und Katzenjammer verfallen, man
nach Herzensluſt agitirte, den Ruin ganz Europa's fortzuſetzen.
Er war es, dieſer Geſetzgebende Körper, der einem Napoleon
die Hand bot, die Preſſe zu vernichten, das Vereinsrecht zu be=
ſchränken, die Schulen in ihrer Finſterniß, in ihrem Wirrwarr
zu laſſen, überhaupt das Allgemeinwohl um kein Haar breit
vorwärtsſchreiten zu laſſen. Was hätte das Land in wiſſen=
ſchaftlicher und wirthſchaftlicher Beziehung gewinnen können, wenn
alle dieſe Milliarden, die Mexico, die der Kirchenſtaat, die neu
eingeſetzten Rüſtungen zum Wohl des Landes wären verwendet
worden! Der Leiter und intellectuelle Urheber trägt indeß den

größten Theil. Mit einem solchen schrecklichen Sündenregister tritt dieser Mann, der zuerst den Schwur der Republik geleistet, zum vierten Male auf die Bühne, wenn auch gebeugt in seinem Innern, vernichtet in seinem Gewissen, stellt er sich doch imponirend dem entmuthigten Lande gegenüber, denn sein treu ergebener Gesetzgebender Körper hat ihn, vor seinem Scheiden, mit fast $1\frac{1}{2}$ Million bewaffneten Menschen umgeben und mit einer Macht ausgerüstet, wie sie Frankreichs Geschichte nicht nachweist. Er setzt jetzt seine Intriguen zur Wahl in Bewegung, um Männer aus dem Volke zu haschen, die ihm seine Vollmacht verlängern, das schöne Land bis auf den letzten Tropfen abzuzapfen und jedes geistige Streben lahm zu legen, seinen Willen über den Willen der Nation stellen. Sein süßester Wunsch ist, bevor er stirbt, seinem Sohn den Thron gesichert zu haben. Zu diesem Zwecke wird erstens Alles aufgeboten, um Oesterreich zu entschädigen, dasselbe soll seinen Scepter weit in die deutschen Auen strecken, dann soll Rom befestigt werden und Preußen oder die norddeutsche Bundesmacht zu den Füßen Oesterreichs und Napoleons gelegt werden. Um diese Pläne zu realisiren, sucht Napoleon vorerst mit allen Mitteln im eigenen Hause sich zu sichern, und das ihm das bei den Wahlen gelinge, bin ich überzeugt, da es ihm bei den Mitteln, welche ihm zu Gebote stehen, gelingen muß. Er wird wieder eine Majorität im Gesetzgebenden Körper zu finden wissen. Es bleibt jedoch im Herzen dieser Kammer eine Partei, die vor dem Richterstuhle ihres Gewissens nicht verantworten kann, der immensen Verschleuderung Vorschub zu leisten, und dann bleibt noch die republikanische Partei, die die Hand eines Pfaffen und die Freundschaft Oesterreichs von sich stößt. Ich vertraue aber der Wahrheit und der Hand der Gerechtigkeit, die den Uebermüthigen und Lasterhaften bis zu einem gewissen Punkte führt und dann schmachvoll dessen Vernichtung bereitet. — Am 25. v. M. Abends füllten sich die herrlichen Säle des neuen Museums dahier mit ca. 400 Personen, welche

zu einem Bankette versammelt waren, das zu Ehren der Ein=
weihung stattfand. Ich habe derartige Vereinigungslokale schon
gesehen, Lokale in denen sich mehrere hundert Menschen zum
Essen, Trinken und Tanzen eingefunden, doch hier war eine
Versammlung, wie ich selbe in meinem Leben noch nie gesehen.
Hier waren alle Stände zu einem gemüthlichen Kranze ver=
flochten. Nicht wie in so manchen Gesellschafts=Lokalen der Bür=
ger, der Handwerker von einem Herrn Professor über die Achsel
und von einem Beamten mit scheelen Augen angesehen wird.
Nein! hier auf diesem freien Boden fand ich uns von dieser
gesellschaftlichen Pest befreit, Professoren, Regierungsbeamte, Mil=
lionäre und Handwerker waren so herzlich, so gesellig und so
fröhlich in einem Saale, wie die Kinder an dem Tische eines
gütigen Vaters. Bemerken muß ich auch, daß selbst Radikale und
Conservative sich hier gemüthlich den Becher reichten. Hier lernte ich
die Möglichkeit kennen, wie leicht es wäre, eine größere Welt zu
befreunden, und wie herrlich es ist, wenn man jeden Menschen
als Erdenbürger begrüßt, wie wohl es thut, ohne Stolz und
ohne Glacéhandschuhe einen Abend unter Menschen, die im
strengsten Sinne des Wortes das Wort „Mensch" verdienen,
zuzubringen. Wird dieser Tempel der „Humanität" für die Zu=
kunft seine Basis bewahren, dann wird gewiß Licht und Wahr=
heit nach allen Richtungen sich aus ihm verbreiten. Herr Pro=
fessor Gelelke entwickelte in einem humoristisch gehaltenen Vortrag
die Zwecke der Versammlung und brachte ein Hoch auf das Licht;
Tscharner, Redacteur des Bund, als neues Mitglied, brachte ein
Vivat der Humanität und das schöne Männerquartett herrliche
Weisen zu Gehör; die Lieder: „Am Neckar", dann „Am Rhein",
beide meisterhaft von Herrn Sodoma vorgetragen, würzten die=
sen Abend.

Bern, 7. Mai. Es ist gerade ein Jahr, als ich in Prag Gelegeheit hatte, bei der Grundsteinlegung des Musentempels den Geist dieser Bevölkerung im Jahre des Heils 1868 zu studiren. — Ihre verehrlichen Leser werden sich noch des davon entworfenen Bildes erinnern — nun will ich ihnen ein Gegenbild geben von dem Fest eines Volkes, das nicht unter österreichischem Despotismus, unter keinem Jesuitenjoche großgezogen wurde. Die Theaterabtheilung des „Grütlivereins" spendete der Sektion Bern eine Fahne, deren Weihe stattfand. Zu diesem Feste wurden sämmtliche Sektionen der Schweiz, das Studentenkorps und der liberale Verein Berns eingeladen. Das Cafe Roth, in dem der Grütliverein seine Lehr= und Lesezimmer hat, war der Sammelort der Festgäste. Gegen 11 Uhr setzte sich Zug der Grütlianer, eine gute Musikkapelle an der Spitze, in Bewegung, um die fremden Gäste an den Stationen zu begrüßen; die Eisenbahnzüge brachten 42 Sektionen, fast alle mit herrlichen Bannern, welche mit stürmischem Hoch, mit wahrer Herzlichkeit und Brüderlichkeit, von den Harrenden empfangen wurden. Dieser Anblick ließ mein Herz höher schlagen, ich sah hunderte von Arbeitern mit fröhlichen Gesichtern, geistig regem Blicke, denen an der Stirne zu lesen war, daß sie sich als Glieder der menschlichen Gesellschaft fühlten. In dem Versammlungsorte fand ich das Studentenkorps der Zofinger, angesehene Bürger und Männer aus dem liberalen Vereine auf's freundlichste sich unter den Arbeitern unterhaltend. Man muß Mensch sein im strengsten Sinne des Wortes, um solchen Moment zu fühlen. Schlag halb zwei Uhr setzte sich dieser mächtige Zug sektionsweise in Bewegung, 25 herrliche Banner zählte ich darin, ohne die zur Weihe bestimmte Fahne. Unter den Klängen der Musik und in musterhafter Ordnung ging es über den Bärenplatz durch die Spitalgasse in die Enge, einen reizenden Punkt, ½ Stunde von der Stadt. Hier angelangt eröffneten Musik und Gesänge das Fest, dann bestieg der Präsident der Berner-

sektion, Herr Lang, die Rednerbühne, erklärte die Bedeutung
des Festes in gewählter und herzlicher Sprache und hob den
Zweck des Grütlivereins hervor. Das was die Schule an
Vielen vernachlässigt habe, solle dieser Verein geben, das Herz
solle veredelt, durch moralische Prinzipien der Geist erkräftet,
durch Humanität und praktisches Wissen dem Staat würdige
Männer erzogen werden. Er schloß mit den Worten: Wir
wollen alle Kräfte aufbewahren, daß das ganze Volk die Wohl=
thaten der Bildung genieße, denn des Volkes Glück liegt in des
Volkes guter Erziehung. Nach ihm bestieg ein junger Arbeiter
von Lausanne die Tribüne und wies darauf hin, daß noch vor
20 Jahren die Grütlianer unterdrückt worden seien, weil man
ihnen kommunistische Ideen zugeschrieben habe, heute zählten
dieselben 70 Sektionen, die enge verbrüdert seien, ihr Zweck sei
kein anderer, als den Armen es möglich zu machen, daß sie die
Wohlthat des Lebens, seine Existenz erfassen, daß ihr Herz ver=
edelt werde. Nach ihm sprach ein anderer Arbeiter in franzö=
sischer Sprache und überbrachte den Brudergruß der Freund=
schaft. Ein Herr Salzmann übergab hierauf mit kurzen aber
bündigen Worten die Fahne, ein hübsches Mädchen bekränzte
selbe. Nach erfolgter Weihe bewegte sich der Zug auf's Schänzli,
woselbst man sich auf's Beste unterhielt und Abends versammelten
sich die Theilnehmer im großen Casinosaale, woselbst noch manche
bedeutungsvolle Rede der Feier des Tages gewidmet wurde.
Zwei der Redner sprachen über besonders anziehende Themas:
Beck, Redakteur der „Tagespost", über die sociale Frage und
ein Student über den Unterschied in dem Verhältnisse zwischen
Arbeiter und andern Ständen von jetzt gegen sonst. Es war
ein so herzliches Einvernehmen, daß die Freude sich auf allen
Gesichtern abspiegelte, meine Feder ist zu ohnmächtig, um den
Eindruck zu schildern. Kommt doch einmal ihr Encyklika= und
Syllabus-Componisten mit euerm Jesuitenkorps oder besser ge=
sagt mit euern Himmelslandjägern, und lernt begreifen, was

das Glück des Volkes ist. Das Fest war erhaben, herrlich und schön und schien die ganze Stadt daran Theil zu nehmen, denn überall, wo der imposante Zug erschien, waren alle Fenster, alle Balkone dicht mit Zuschauern besetzt. Man fängt endlich in manchen Kantonen an tiefer zu sehen und lernt begreifen, welche Wohlthat für die gesammte Schweiz die Gotthardlinie ist. Seit dem Jahr 1846 ist aber auch kaum eine wichtigere internationale auch zugleich national-politisch-ökonomische Frage auf der Tagesordnung gewesen; so wichtig, groß und erhaben dieses Werk in Ausführung und Beziehungen ist, so hat es doch engherzige Gegner, das ist aber ganz einfach der Geist des Föderalismus und seine überall, auch in Deutschland, zu Tage tretenden Consequenzen. Wäre die Schweiz centralisirt, da würde der größte Theil dieser kleinlichen Oppositionen wegfallen, die sich auch in vielem andern zeigen. Die Schweiz wäre reicher, mächtiger und stärker, hätte e i n Gesetz, e i n e Centralkraft, die regierte. Ihre Forste, ihre Thäler, ihre Straßen, wie ständen die bei einer Centralisation? Einheit gibt Kraft, Einheit macht reich. Genießt die Schweiz heute noch nicht diese Segnungen, so wird doch der starke Geist der Mehrheit wie in Manchem auch in der Gotthardlinie-Frage entscheiden; diese Woche erwarten wir die Definitionen vom Großen Rathe.

Bern, 17. Mai. Im alten Testamente heißt es: Von „Zion" ging die „Lehre" aus und „das Wort Gottes" von „Jerusalem", heute werden wir belehrt und erhalten Instruction von „Paris" und von „Wien" hören wir das göttliche Wort, „daß die Volksschule die Macht und den Wohlstand der Völker bildet." Napoleon als Lehrer, als Bildner und Erzieher Europa's hat uns in seiner letzten Rede das im menschlichen Leben so oft zerzauste Wort „Humanität" erklärt und definirt. Jahrhunderte fließt das Wörtchen über unsere Lippen, aber wir armen Sünder gegen

Napoleonische Weisheit haben ganz was Anderes darunter ver=
standen. Wir Alle kennen Victor Hugo, wie auch sein Leben
und Streben, sein Trachten und Wirken für die Menschheit.
Victor Hugo und die mit ihm nach gleichem Ziele Strebenden
sagen uns, daß auf das Prädikat «honnêt» Niemand Ansprüche
machen könne, welcher sich nach den Grundsätzen Napoleonischer
Philologie bewege. Mit diesen Leuten aber zu sprechen, findet
der große Kaiser unter seiner Würde, er hat andere Begriffe
von den Erfordernissen eines honnetten Menschen und so beginnt
nun auch seine Rede in Chartres: «Comme en 1848, je
m'adresse encore une fois aux h o n n ê t e s gens de tous les
partie!» Aus dieser Rede erfahren wir, daß alle jene Menschen,
die das heilige Menschenrecht mit Füßen treten, alle jene, die
zur Verdummung und zur Beraubung des Volkes Hand anlegen,
alle jene Menschen, die die Chatullen des Kaisers füllen helfen,
auch diejenigen, die über die nach ihnen „sogenannten" humanen
Bestrebungen in's Fäustchen lachen und in geschlossenen Gesell=
schaften beim rauschenden Champagner das Liedchen singen:

> Ein freies Leben führen wir,
> Ein Leben voller Freude;
> Gemüthlich ist nur das Quartier,
> So lang der Mond die Sonne!

daß alle Jene honnête Menschen sind, Diejenigen aber, die da
mit Gott ausrufen: Es werde Licht! die sagen: Fort mit dem
Intriganten=Chor, das die Menschheit ihrer heiligsten Rechte
berauben hilft! die helfen wollen, daß zwischen Regierung und
Volk Wahrheit sei, das sind in den Augen des ehemaligen Car=
bonari gottlose Menschen, mit denen wird heute nicht gesprochen,
diese macht er mundtodt, läßt sie einkerkern, auseinandersprengen
mit Pulver und Blei; das ist die „humane" Aufgabe Napo=
leon's, mit Pulver und Blei sein Paris honnête zu erhalten.
1848 hat Napoleon nicht soviel als jetzt gesprochen, zur Zeit
des Staatsstreiches schonte er seine Lunge, dafür ließ er

seine Kammern sprechen und so wie den Israeliten unter
Donner und Blitz die zehn Gebote übergeben wurden, so wurde
der französische Napoleons-Thron — während des Kanonen-
donners aufgerichtet. Dieser Thron hat nun zwanzig Jahre,
Leben, Freiheit und Geld aufgezehrt, von diesem Throne herab,
der mit Blut aufgebaut, sprach ein Despot, dem das Wort
«honnête» so geläufig über seine Lippen kommt. Nur frisch
gewagt, ihr honneten Napoleoniden, erdrosselt jeden Athem der
Freiheit, kräftigt und stärkt nur eure Pulvermagazine und be-
friedigt die Pfaffen, seid aber doch wachsam, daß die Hand der
Gerechtigkeit euch nicht erreiche, und vergesset die Geschichte nicht.
Ein Attentat gegen eine Frau war das Signal zu Rom's Be-
freiung, die Schweizer, die Niederländer haben lange geduldig
die Thrannei ertragen, sie erhoben sich aber in dem Augenblick,
als ihre Unterdrücker sie zu verschlingen drohten, ein österreichi-
scher Officier schlug einen Civilisten, die Einwohner geriethen in
Zorn, griffen zu den Waffen, und verjagten ihre Unterdrücker;
wer weiß, was das Signal sein wird, das den Sturz des honneten Despotismus in Frankreich herbeiführen wird, wir müssen
es geduldig abwarten, aber kommen wird und muß es. — Wenden
wir uns zu dem andern Volksfreunde, Franz Joseph, der bis
zum Jahre 1866 nichts als Soldat und Freund der Klerisei
war, da finden wir auch ganz besondere Ansichten über das, was
der Begriff von honnet sei. Nur Soldat und Pfaffe sind heute
allein noch bei Hofe gerne gesehen, alles Andere gehört zum Pöbel.
Noch voriges Jahr, als ich in Ischl war, hatte ich Gelegenheit,
darüber ganz Ergötzliches zu sehen. Die Kutte und die Uniform war
daselbst ein Passe par-tout. Oesterreich hat bis heute geschaffen,
was es moralisch gezwungen war, um nicht ganz aus dem Leim
zu gehen, würde sich aber Franz Joseph die Gelegenheit günstig
zeigen, daß er kommendes Jahr ohne Reichstag mit seinem Beust
allein regieren könnte, er würde in der Stephanskirche am Altare
knieen und Rauscher für die Rettung des Reiches ein Te-Deum

anstimmen lassen. Man kennt die Pappenheimer. Das Volk wird
gerüstet bleiben, um nicht in die finstern Klauen eines pfäffischen
Despotismus zu gerathen. Der Kaiser von Oesterreich weiß recht
gut, daß der Wohlstand eines Volkes viel in guten Volksschulen
basirt, wie viele Millionen hat der österreichische Staat aber für die
Hebung dieser Pflanzstätten der Bildung bis jetzt votirt? Oesterreich könnte eine schöne Mission erfüllen, wenn es seine verschiedenen Stämme zu beglücken und von manchen Lasten zu befreien
Lust hätte, aber man hat bei Hofe nur für zwei Stände Augen:
für den Krieger und für den Pfaffen. Hätte Franz Joseph ver-
sucht, sich mit König Wilhelm herzlich auszusöhnen — so heiß der
Kampf bei Sadowa war, eben so warm wäre dann Deutschland zu Oesterreich gestanden — würde Oesterreichs Kaiser dar-
nach trachten, seinen Völkern die Segnungen der Freiheit und die
Segnungen guter Schulbildung zu geben, Oesterreich würde heute
mit 200,000 Mann stärker sein, als es mit seinen 800,000 Mann
und Napoleon im Hinterhalte ist. Ganz Europa zehrt und leidet
durch den Uebermuth dieses übermäßigen Despotismus. Oesterreich will wieder in Hamburg seine Soldaten einrücken sehen
und Napoleon will um jeden Preis den Schiedsrichter Europa's
spielen. Dazu brauchen Beide honnete Menschen nach ihrem Sinn.

Bern, 29. Mai. Wie oft hören wir nicht im Leben ausrufen: „Alles ist Thorheit!" Nun wenn wirklich alles Thorheit
wäre, da unterschiede ich doch wenigstens eine freudige und traurige, eine nützliche und gefährliche Thorheit und wer wird nicht
jene vorziehen, die die Augenblicke des Lebens versüßt. Heute
einen Blick geworfen auf den übergroßen, überweisen und über-
vernünftigen Herrscher Frankreichs, der mehr als 20 Jahre das
Wort in Europa führte und alle Anstrengungen bis zur Stunde
machte, um den krassesten Despotismus in Europa wieder zu
befestigen, denn auch er sagt: „Alles ist Thorheit." Er denkt,
selbst regieren, an sich selber denken, ist doch eine angenehmere

Thorheit, als dem Volke die Segnungen der Freiheit und Selbst=
ständigkeit geben, denn Letzteres ist in seinen Augen eine ge=
fährliche Thorheit. Daß jedoch dieser Matador der Klerisei
bei den Wahlen von circa 3½ Millionen Menschen abgeurtheilt
wurde und Paris, die Intelligenz, das Auge Frankreichs, den
Stab über die Selbstherrschaft eines Napoleon gebrochen, gehört
zu den nützlichen Thorheiten für die allgemeine große Mensch=
heit. In den Augen eines Napoleon und eines Papstes gehören
die Aussprüche dieser 3½ Millionen Oppositioneller zu den ge=
fährlichen Thorheiten dieses Lebens, denn diese Wühler wollen
nicht gestatten, daß eine einzige Kaste Menschen von dem Marke
und von dem Blute von Millionen lebt. Sehen wir, daß in dem
großen Paris, trotz aller Anstrengung Napoleons, ein Bancel,
Republikaner von reinem Wasser, aus der Urne hervorgegangen
ist und zwar mit 22,751 Stimmen und daß Emil Olivier, der
Schützling der Regierung, mit nur 12,425 Stimmen lahm gelegt
wurde. Ich glaube, wer nur ein wenig mit der Aufgabe der
Menschheit fühlt, wird gewiß in dieser Scene eine gewaltige
Schlappe des Autokraten erblicken, wird gewiß damit eine neue
Aera für Europa heraufziehen sehen, und sicher, wenn schon ge=
wisse Leute uns mit Affen und die Vorgänge dieses Lebens mit
Thorheiten vergleichen, zählt dieser Akt zu den süßen Thor=
heiten. Wenden wir uns ein wenig zu Thiers und sehen wir
wie dieser abgenützte protektionistische Systemler in Lille eine
Niederlage erlitten, so haben wir den deutlichen Beweis, welchen
Geist die Industrie Frankreichs bewegt, wenn sie diesem Diplo=
maten die Thüre gewiesen hat; gehört diese That nicht auch zu
den nützlichen Thorheiten dieses Lebens? Dieser Sieg der Volks=
partei gehört gewiß zu den angenehmen Thorheiten. Daß Pfaffen
und Jesuiten frohlocken, weil ihre Schäflein auf dem Lande den
großen Kaiser, dem treuen Diener des Papstes, das Wort ge=
sprochen, zählen wir das zu ihren angenehmen Thorheiten.
Wie man erfährt, arbeitet der Kaiser mit dem größten Eifer

täglich mit drei Generälen, hauptsächlich mit seinem ergebenen Freunde Castelnau, wann es gilt, werden wir erfahren, ob nach innen, oder nach außen, wem es nur nicht zu einer für Napoleon traurigen Thorheit wird. Wie der Geist der Reformation den Götzen menschlicher Autorität über die Seele des Menschen verachtet und niederschmettert, den Thron der Vorurtheile und des Aberglaubens stürzte und die Menschen lehrte alle ihre Gedanken der Wahrheit und der Vernunft zu unterwerfen, so sammelt die Reform in Frankreich unter ihrem Banner begabte und rührige Männer, welche für die Freiheit und Humanität auftreten; hoffen wir auf den Sieg dieses bis jetzt noch kleinen Häufleins Reformer als freudige Thorheit. Eben so, wie in den Augen des finsteren Jesuiten die Reformation als eine schädliche Thorheit erscheint, so sagen doch alle vernünftigen Leute, daß der Geist der Reformation eine der vorzüglichsten, süßesten Thorheiten sei, welche die Geschichte zu verzeichnen hatte. So wie zu jener Zeit das Banner des Reformators sich entfaltete, um eine neue Aera, ein neues Leben der zukünftigen Generation zu bereiten, so weht heute ein göttlicher Geist auf unserer Erde, auch in Frankreich, der drängt, die Menschen zu erheben, zu veredlen und zu einen. Und so klein vielleicht in manchen Augen die heutige Opposition Frankreichs ist, so groß wird selbe in nächster Zukunft vor unsern Augen stehen. — Bern hatte in letzter Zeit Festlichkeiten über Festlichkeiten, ich berichtete Ihnen die Eröffnung des Museums, das Fest der Grütlianer, nun folgt sogleich das Sängerfest und dann das Schützenfest. Es sind dieses Feste, bei denen nicht allein getanzt, getrunken und gegessen wurde, sondern Volksfeste, bei denen auch die Seele ihren Antheil hatte. Beim Sängerfeste errangen die Grütlianer, alle Arbeiter, den dritten Preis und wahrlich diese Ehre machte ihr Herz höher schlagen, in jedem Gesichte strahlte die Freude; auch der Frauenchor (Arbeiterinnen) erhielt einen Preis. Der Mensch ist geboren, um zu leben, da wo die Zugabe schönen geistigen zum

physischen Leben als angenehme Thorheit betrachtet wird, ist dem
Volke wohl und wohler als unter Pfaffen und Despoten.

~~~~~~~

Bern, 2. Juni. Ziehen wir unter den heutigen Verhält=
nissen und im Rückblick auf die Vergangenheit eine Parallele
zwischen den Premiers in Preußen und Oesterreich, prüfen wir
unparteiisch das Streben und Wirken dieser zwei Männer, so
wird sich ein Bild herausstellen, daß selbst die Bismarck=Fresser,
die Preußen=Vernichter den Kopf schütteln und, sollten sie auch
nicht die moralische Kraft besitzen, vor dem Forum der Oeffent=
lichkeit die Wahrheit zu gestehen, doch durchdrungen sein müssen,
daß das Bild Bismarck's dem Bild Beust's hinsichtlich genialer
Größe, hinsichtlich höheren Gedankens der Endziele weit voran=
zustellen ist. Hier, im Herzen der Schweiz, habe ich die Ueber=
zeugung und das Gefühl gewonnen, daß nach allen Richtungen
und mit allen Mitteln von Wien aus gegen Preußen agirt wird,
daß die österreichische Gesandtschaft hier und Agenten von Wien
förmlich dafür werben, daß Bismarck als der blutgierigste Mensch
an die Wand gemalt wird, so ist es kein Wunder, daß solches
bei uns hie und da auch verfängt. Ich selbst hörte kürzlich von
einem einflußreichen Manne, mit dem ich über die Verhältnisse
unserer politischen Situation sprach, wie auch einzelne sonst vor=
urtheilsfreie Schweizer sich beeinflussen ließen. Mit Eifer don=
nerte er mir in die Ohren, obwohl ich sah, daß sein Herz dabei
kalt blieb: „Bismarck ist ein Despot, er hat das Blutbad her=
aufbeschworen!" Hier in der Schweiz gibt es, wie in Deutsch=
land, eine große Anzahl, welche die Verhältnisse Oesterreichs,
die trügerische Pfaffenpolitik dieses Landes, nicht kennen. Heute
heißt es, wie in manchen Schweizer Journalen, z. B. im „Bieler
Handels=Courier", „blickt hin, was Oesterreich unter Beust
geschaffen, dort grünt und blüht Alles gleich einem Paradiese,
dort erglüht die Sonne der Freiheit die Herzen der Oesterreicher,

dort wird jetzt für Geist und Herz gesorgt!" — „In Preußen aber, dort herrscht ein Junkerthum, ein Bismarck, das nagt an dem Marke des Volkes, er ist ein Despot und jetzt verlangt er wieder neue Steuern; er zieht das Volk aus und will den Militärdespotismus befestigen!" Ziehe ich eine scharfe, strenge Parallele, zu der mir wohl die Befähigung nicht fehlt, da ich nicht nur das heutige Oesterreich kenne, sondern Gelegenheit hatte, als ich selbst im Ministerium stand, die Wege und Hand= lungen der österreichischen Politik zu studiren. Die österreichische Regierung war stets da, nicht um ein Volk zu erziehen, wie es sich gebührt, sondern wie ein leichtsinniger Vater, der Kinder in die Welt setzt, ohne für ihre Bildung, für ihre Erziehung zu sorgen, dann später, wenn ihre Knochen stark geworden, sie aus= beutet und ausnützt. So war es immer in Oesterreich, Oesterreich sorgte nie, das Volk geistig zu heben und auch die Mittel zu materieller Hebung waren sehr schwach oder verkehrt. Die österreichische Regierung verließ sich stets auf die Antipa= thieen der einzelnen Racen, diese sämmtlich wurden durch ein eisernes Pfaffen=Band zusammengeschmiedet. Geist, Bildung, Humanität waren der Oesterreichischen Regierung eine Terra in= cognita, deren Folgen wurden von den Pfaffen mit schwarzesten Farben an die Wand gemalt. Oesterreich wollte kein Licht in den Köpfen, nur Hände, die dem reichen Boden die Frucht ent= locken, die schustern, schneidern und weben, Pfaffen und Soldaten füttern sollte. Es wurden Bischofs= und Erzbischofssitze so viel als nur möglich errichtet, Militär zum müßigen herumlungern in den Kasernen zusammengepfercht, Beamten, wie die Wanzen in den Häusern Wiens, creirt, Alles das sollte das Volk ernähren. Als das arme Volk sich in den 48r Jahren erhob, sich der Pfaffenwirthschaft entledigen wollte, Ungarn an der Spitze stand, wie ist da die Oesterreichische Regierung gegen ihre eigenen Kin= der aufgetreten. Wie Windischgrätz in Wien, wie Haynau in Brescia und Ungarn hausten, die Galgen in Arad und die

Füsiladen in der Brigittenau, sind noch in Aller Gedächtniß. Oesterreichs Regierung, die im Blute ihrer eigenen Völker badete, die nur Knechte haben wollte, soll heute seine Völker in Freiheit schwelgen lassen? Sagt an, war es Franz Joseph, war es der hochweise Beust, die plötzlich aus dem Grunde ihres Herzens erkannt haben sollten, daß die Völker Menschen sind, oder oder war nicht dieser blutdürstige Bismarck, der allein Schuld ist, daß in Oesterreich dieses üppige, übermüthige Pfaffenregiment zu Paaren getrieben worden ist. Ja oder Nein? Bismarks Aufgabe ist eine erhabene, große, in ihm ist eine Kraft, welche von hohen Zielen geleitet wird; die gesammte deutsche Nation zur Kraft und zum Bewußtsein zu führen, das ist sein Plan. Dieser ist groß, erhaben, herrlich, denn nicht um zu zerstückeln, zu trennen, sondern um zu einen, eine große deutsche Familie zu bilden, zog er das Schwert. Sollten dabei nicht persönliche Rücksichten des Ehrgeizes, der Eitelkeit oder der Empfindelei schwinden, soll dazu kein Opfer gebracht werden können, um sagen zu können, ein Vaterland, so weit die deutsche Zunge spricht? Zu bedauern sind die armen Menschen, die am Gängelband einer finstern Partei geleitet werden, die nicht begreifen lernen, daß die Opfer, welche wir heute in Deutschland bringen, unsern Kindern zu Gute kommen werden, die mit Stolz auf das Werk ihrer Väter zurückschauen werden. Lerne man doch den Geist Berlin's und Wien's unterscheiden. Was dort gebaut wird, wird für ganz Deutschland aufgeführt, und die Kosten, die das Volk trägt, kommen dem gesammten Volke zu Gute. Schaut nach dem jetzt „grünenden" Wien, während die Regierung das Konkordat auflöst, und Schulgesetze sanktionirt, sehen wir, daß der Kaiser und die Kaiserin die Schleppträger der Pfaffen machen, der Protest-Beust brütet zu Hause, wie er Preußen bemüthige. Giskra und Herbst kommen mit dem besten Willen nicht recht vorwärts. So wenig man eine volksthümliche Agitation mit der Rache vereinen kann, eben so wenig läßt sich ein Beust, ein nie ganz aufgegebenes Pfaffenthum, mit dem wahren Fortschritt, mit ächtem Völker=Glück in Einklang bringen. Wähle da Jeder zwischen Bismarck und Beust.

———————

Bern, 9. Juli. (Zur Arbeiterfrage.) Bis zur Stunde haben sich nur Wenige gefunden, die diese hochwichtige Frage in der menschlichen Gesellschaft vom Standpunkte des natürlichen Rechtes, vom Standpunkte der Moral, und von demjenigen des ferneren Gedeihens und Aufblühens der gesammten Menschheit besprochen und öffentlich behandelt hätten, um Kapital und Arbeit brüderlich zu vereinen. Dagegen haben sehr Viele es sich zur Aufgabe gemacht, um aus der Unwissenheit einer Menge armer Arbeiter Kapital zu schlagen, ihre Säcke zu füllen, unheils= schwangere Katastrophen herbeizuführen und so den Grundstein zum Communismus anzubahnen. Daß der Zustand, wie er seit Jahres= frist zwischen Arbeitgeber und Arbeitnehmer ist und noch weiter zu werden droht, nicht bleiben kann, ist sicher; wir müssen auf Aende= rung desselben bedacht sein. Das Gefühl der Unterdrückung, das erwachte Bewußtsein des Rechtes mußte natürlich die Arbeiterfrage auf die Tagesordnung bringen; sie zu lösen ist Pflicht. Der Arbeiter will leben und sich seines Daseins freuen, nicht allein physisch, sondern auch geistig; die Gesellschaft hat in dieser Hin= sicht die Pflicht, vor Allem für Erziehung und Unterricht der Unbemittelten zu sorgen. Die Engherzigkeit, der Despotismus und der Jesuitismus haben den Grundstein zur Vernichtung des materiellen und geistigen Lebens gelegt. Das Licht der Freiheit, die Großmuth, an der Hand festen moralischen Willens, werden nach und nach den Krebs, der in Folge Jener an unserer Ge= sellschaft nagt, unbarmherzig wieder ausschneiden; erst dann wer= den wir uns den Namen verdient haben, Menschen und Kinder eines Gottes zu sein. Kapital und Arbeit müssen Hand in Hand gehen, sie bilden die geistige und physische Thätigkeit aller In=

dustrie. Die herrlichste Krone dieses Lebens ist die Arbeit; was wäre unser Leben ohne Beschäftigung? Weil ich in der Thätigkeit die Würze des Lebens erkenne, deßhalb ist mir auch nicht bange vor der gegenwärtigen Arbeiterbewegung in Bezug auf ihre Dauer. Unter tausend Menschen werden wir keine drei finden, die Wochen lang herumlungerten und ihre Hände in den Schooß legten. Das Nichtsthun ermüdet den Menschen mehr, als wenn er seine Nerven spielen läßt. Der Mensch braucht nach der Arbeit Erholung und Stärkung, aber um zu leben, braucht er die Arbeit. Da ist auch die Natur seine Lehrmeisterin, wohin sein Auge blickt, sieht er Alles in voller Thätigkeit, kein Vorbild für Arbeitseinstellung; wir müssen abeiten, um gesund zu leben, wird da von Seiten mancher Arbeiter entgegengehalten, daß es hart erscheine, wenn viele Menschen viele Güter besäßen, ohne sich die Mühe zu nehmen, fort und fort zu arbeiten, während Andere bei strenger Arbeit wenig oder gar nichts besäßen, so müssen wir denselben zurufen, das war so und wird stets so sein. Ein Jeder kann mit seiner Arbeit wenigstens Besitzer von Etwas sein, wäre es auch nur sein Bett oder seine Kleidung, sie sind sein Eigenthum und ihm werth; wäre er damit zufrieden, wenn er in diesem seinem Besitzthum beunruhigt würde? Betrachten wir den kleinen Hänfling, wie er sich wehrt, wenn der Sperber oder der Kuckuk sich seines Nestes bemächtigen wollen, das kleine Pudelchen zeigt dem großen Fleischerhunde die Zähne, wenn er ihm seine Nahrung entreißen will. Ist denn nicht in dem Geiste aller lebenden Wesen der Instinkt, welcher die Liebe zum Eigenthum einflößt. Bei dem Thiere geht der Instinkt bis zur Nothwendigkeit, sich des Eigenthums des Andern zu bemächtigen, doch bei den Menschen, welche mit Vernunft begabt sind, das Gefühl von Recht und Unrecht besitzen, ist dieser Instinkt mit dem Respekt für das Eigenthum Aller begleitet, wer diesen Respekt verletzt, setzt sich der Strafe der Gesetze und seines Innern aus. Wo ist denn Einer zu finden, der wollte, daß man ihm seine Habe, seine Einrichtung, sein kleines Feld vernichtete, so wie wir das aber nicht wollen, so müssen wir auch das Schloß, die Güter der Großen, die Ateliers der Reichen respektiren. Der Instinkt, die Liebe zum Eigenthume, ist unser sicherer Trost, daß kommunistische Ideen auf dieser Erde unausführbar sind, denn sie liegen außer dem Bereiche der Natur, außer dem Bereiche der menschlichen Vernunft. Haben wir durch billige und Jedem zugängliche gute Schulen bessere allgemeine Bildung, so werden mit diesem wahren Lichte die Menschen auf andere Bahnen gerichtet, das Herz des Arbeiters und das Herz des Kapitalisten werden sich bald als Freunde begegnen. Kapital und Arbeit werden vereint, sich stützen und helfen. So wie der Fisch das Wasser braucht, so braucht die arbeitende Hand einen Unternehmer, einen Leiter, der Unternehmer braucht die Hand des Arbeiters, hier handelt es sich einfach darum, daß Herz und Gewissen den Vermittler zwischen Beiden machen. So wie der Unternehmer als Mensch einsehen wird, der Arbeiter muß als Mensch behandelt werden, soll als Mensch wohnen und leben können, so muß auch der Arbeiter fühlen und beherzigen, daß es kein Unternehmen geben würde, wenn nicht der Drang des Erwerbens und Emporkommens die Geldmittel flüssig machen würde. Der Unternehmer, der Spekulant besitzt oft ein großes Haus, der Arbeiter meist nur ein kleines Zimmerchen, das will ich aber mit Vertrauen auf Zustimmung niederschreiben, daß die Arbeiter oft einen süßeren Schlaf schlafen, als ihre Prinzipale. Dieser muß sorgen für Aufbringung des Kapitals, für Absatz seiner Waaren, und wie viel Arbeitgeber giebt es nicht, die noch am Freitag das Geld nicht besitzen, um am Samstag ihre Arbeiter zu zahlen. Will die Hand für ihre Arbeit gezahlt sein, so muß auch dem Unternehmer sein Schweiß, seine Sorgen bezahlt werden. Wer wollte Fabriken und Bauten anlegen, wenn nicht der Trieb des Gewinnstes in ihm wäre. Deßhalb so schrecklich heute noch die Gespenster des Konfliktes zwischen Kapital und Arbeit spucken, so wird der moralische Wille des Menschen, wenn das Herz vom Jesuitismus und Despotismus entfesselt ist, diese Tagesfrage in das Beet der Ruhe lenken, es wird die Zeit kommen, in der wir des Jesuitismus als einer vergangenen Sache auf dieser Welt gedenken können, dann werden auch die Beziehungen der Menschen zu einander besser werden, Kapital und Arbeit werden zur Ehre des Allvaters auf dieser Erde freundlich zusammen wirken.

Anhang.

~~~

Heidelberg, 1. Januar. Die gescheiterte Conferenz zeigt Napoleon und der Welt ganz deutlich, daß einzig und allein Oesterreich, das gebrochene und finanzmatte Oesterreich, dessen Alliirter ist. Der große und geistreiche Napoleon hat sich nun mit der Politik des Wiener Cabinets in Einklang gesetzt, und das doch nur, um auf den Schultern dieses und des Anhangs der Clericalen seinen wankenden Thron und den morschen päpstlichen zu erhalten. Die frühere sichere Ruhe des Napoleonischen Staatsschiffes ist in's Schwanken gekommen und sucht es nach einem Sicherheits-Hafen, um darin ungefährdet einzulaufen und auf festem Boden zu ankern. Geht Napoleon in der orientalischen Frage mit Oesterreich, dann hat er Rußland, Preußen und Italien gegen sich, wird er Front machen gegen den Eintritt der süddeutschen Staaten in den Nordbund, dann hat er ganz Deutschland, Italien und Rußland gegen sich, und zieht er gegen Italien, dem er sich überlegen glaubt, dann hat er für sich nur das gebrochene Oesterreich, das von Solferino auf Sadowa gefallen und von seinem glücklichen Rivalen zum Heile Deutschlands aus demselben hinausgestoßen wurde. Was ist das heutige Oesterreich? Nach innen leider eine unter dem verderblichen Einflusse der Clerisei stehende Macht, von der bei einem günstigen Momente Ungarn sich lossagt. Und was will das gebrochene Oesterreich nach außen? Im Orient seine Pretentionen vis-à-vis Rußland geltend machen, der deutschen Einheit Halt gebieten, bei welcher Absicht es sich in eine liberale Maske gehüllt, ober Polen befreien, das zu vernichten es selbst mitgewirkt hat? Wie ist der Name des großen Napoleon gesunken, daß er jetzt in Europa nur zwei Alliirte — Oesterreich und Spanien — hat, zwei Mächte, die um der Aufrechthaltung der weltlichen Macht des Kirchenstaats mit ihm sympathisiren! Und über dem großen Ocean, wie stehen dort die Sympathien für ihn? Es soll eine notorische Sache sein, daß zwischen Preußen und Rußland für gewisse Fälle eine Offensiv= und Defensiv=Allianz abgeschlossen ist, zwischen Preußen und Italien besteht sicherlich auch eine Verbindung; es ist also die Zeit gegenwärtig sehr ernst und nicht zu Hoffnungen geeignet, der politische Horizont ist stark verzogen. Rußland beruft alle seine Gesandten zu einer Conferenz nach Petersburg, und wahrlich, diese außerordentliche Versammlung muß doch was zu bedeuten haben. Serbien und Montenegro werden bald den Türken in den Haaren liegen; beide rüsten. Die Montenegriner verlangen von der Pforte den Besitz eines Hafens an der Mündung von Cattaro, und Serbien besteht fest auf seinem Rechte auf den Bisitz von Rustschuck. Diese zwei Staaten wollen mit den Waffen in der Hand ihr Recht geltend machen und werden damit weitgehende Feindseligkeiten losbrechen, der Einmarsch eines russischen Observations-Corps ist dann fast unzweifelhaft. Für Deutschlands Einigungs-Zwecke sind das nicht ungünstige Augenblicke. In Italien gehen die Rüstungen mit solchen Schritten vorwärts, als wenn der Krieg vor der Thüre wäre. Wie man versichert, sind zwei preußische Schiffe in dem Hafen von Genua eingelaufen, beladen mit 45,000 Stück Nadelgewehren. Wie traurig sieht heute das zweite Kaiserreich aus. Im eigenen Hause keine andere Stütze, als die Clericalen und den Herrn Chassepot, mit seinen Nachbarn verfeindet, von denen sein Name nicht mehr gefürchtet, sondern gehaßt und verachtet ist. Während in Preußen das Paßwesen abgeschafft wird, ist solches in Frankreich neu verschärft worden, kein liberales italienisches Journal und der größte Theil der

deutschen Blätter sind seit den letzten Tagen in Paris mehr ausgegeben worden. Ich finde kein Vergnügen darin, den Horizont
so düster zu malen, aber ich wiederhole es zum Schlusse, wenn
Frankreich nicht r a d i c a l seine Politik ändert, so gehen wir
einer traurigen Zukunft entgegen; fragen wir uns selbst zu guter
letzt nochmals, warum Italien und Deutschland eigentlich in die
Wirren eines Krieges hineingezogen werden sollen, nun, müssen
wir antworten, weil es Rouher und Consorten beliebte, auch in
den nur diese angehenden Fragen das «Jamais» hinzudonnern.
Darum, ihr Deutschen und Italiener, beweist es Europa, daß
ein verknöcherter, engherziger und egoistischer Diplomatenfürst nicht
über N a t i o n e n entscheidet.

Heidelberg, 23. Januar. Am 1. und 2. Februar wählen
die Bewohner des französischen Nordens ihre Deputirten und an
diese möchte ich ein Wort richten: Euer Minister Rouher hat
sich am 5. Dezember v. J. deutlich ausgesprochen, ihr habt ihn
ja gehört und habt ihn gewiß verstanden. Rouher will euer Blut
und Gut an den morschen Thron des Kirchenstaates vergeuden;
während in Algier eine Hungersnoth die arme Bevölkerung decimirt, sendet man Millionen nach Rom, nach Algier schickt man
400,000 Franken. O hochherzige, christliche Regierung, die weltliche Macht der Geistlichkeit, die von jeher das Unglück der Welt
war, zu stärken, vergeudet Napoleon Millionen, — um seine
Kinder dem Hungertode zu entreißen, hat Frankreich kein Geld.
Wie man aus Rouher's Reden schließen kann, findet er ferner
auch noch zu viel Menschen bei der Industrie und bei dem Pfluge
und darum will er einen Theil in die Caserne haben. Sehet
das ist der Vertheidiger Napoleons, ist das der Freund Frankreichs? Jene, welche ihre Stimme erheben für die Freiheit des
Gewissens und für den Frieden, jene, welche rufen, daß die
französischen Thaler für Frankreich und nur für Frankreich ver-

wendet werden, jene welche ihre Stimme laut werden lassen, daß
die Geistlichkeit sich nur mit ihrer Kirche befasse und daß der
Papst auf seine eigenen Kosten seine weltliche Herrschaft er=
halte, jene welche aus voller Kehle schreien, daß der Reichthum,
die Wohlfahrt, das Glück und die Ruhe der Familie eng ver=
bunden sind mit dem Emporblühen des Handels und der In=
dustrie, jene, welche keinen Krieg, keine Macht, die bis zu den
Zähnen bewaffnet ist, wünschen, alle jene Stimmen, sind die
Freunde Frankreichs. — Rouher und Consorten nennen sich
auch Freunde der Nation, aber es sind deren aufopfernde.
Nun ihr Wähler des Nordens, schicket Männer, die das Wohl
des Volkes mit Hingebung verlangen, zeiget Napoleon, daß ihr
reif seid, eine große, starke, freie Nation zu sein, daß Frankreich,
ohne Menschenschlachten, eine brillante Seite in der Geschichte
ausfüllt. Die Wähler des Indre, Loire und diejenigen der
Somme sind in die erste Schlachtlinie getreten und sind Sieger
geblieben; wir wollen nun hoffen, daß der Norden rechtschaffene
und biedere Männer wählt, die mit Gut und Blut das Wohl
der Nation und nicht die Ideen Napoleons befürworten, und in
einigen Monaten wird uns das große, geniale Volk Frankreichs
zeigen, wie es auf das neue Militärgesetz antwortet! Franzosen,
wünschet den Frieden, schreiet um Frieden und zeigt Europa,
daß ihr nicht Instrumente eines Rouher seid, dann wird das
neue Militärgesetz — eine Chimäre bleiben.

Heidelberg, 22. Januar. Die Würfel sind nun gefallen,
199 Stimmen gegen 60 haben das unglückliche Militärgesetz
entschieden. 38,000,000 Seelen sind dazu überliefert, Instru=
mente Napoleons zu sein. Er hat es jetzt in der Hand, den
furchtbarsten Krieg herauf zu beschwören, den Frankreich mit
seinem Blute und seinem Gute zu bezahlen hat. Die Stimme
der Wahrheit, die Stimme des heiligen Rechts ist erlegen.

Napoleon und seine Consorten haben gesiegt. Fragt man, ist es die Volksstimme, die das Militärgesetz votirte, fragt man den Landmann, den Kaufmann, den Fabrikanten und sie werden sagen, die Last ist mehr als schwer mit 500,000 Mann und 7jähriger Dienstzeit gewesen, wie soll das ausgesaugte Frankreich jetzt 800,000 Mann mit 9jähriger Dienstzeit ertragen. Die frühern Regierungen, die Restauration und selbst die Republik trotzten ihren Feinden mit 500,000 Mann und 7jähriger Dienstzeit und Napoleon, der Vertheidiger, plädirt, um die Integrität und Größe Frankreichs zu wahren, für ein Kontingent von 1,200,000 Mann und eine 9jährige Dienstzeit. O, Rouher und Consorten, haben diese nicht selbst ihren Herrn und Meister blamirt, seine Schwäche und Hinfälligkeit vor das Forum Europa's gestellt! Nun, das schreckliche Gesetz ist geboren; es ruht auf den Schultern des französischen Volkes, dessen Kinder werden der Industrie und der Arbeit entzogen, es hat die Schwere der Last zu tragen. Nur ein Mittel gibt es für dasselbe, wie Napoleon, seinem Kaiser, entgegen zu treten und das gefährliche Instrument, das der gesetzgebende Körper ihm in die Hand gegeben, zu Nichte zu machen, und das ist, sich in Masse zu erklären, um das voraussichtliche Menschenschlachten zu verhindern; das französische Volk sucht seine Größe in der Wissenschaft und Industrie, nicht darin, daß ein Napoleon zu ihm von einem Feldzuge heimkehrt, und 50,000 Franzosen und eine gleiche Zahl deutsche und italienische Brüder auf dem Schlachtfelde gelassen hat. Ein fester Wille ist Herr der Welt, wenn eine ganze Nation den Frieden will, so wird und muß sie ihn haben. Predigt, ihr Franzosen, auf offener Straße den Frieden, ruft aus: »La France veux la paix!« Von Stadt zu Stadt, von Dorf zu Dorf, von Hütte zu Hütte laßt die Friedens-Posaune ertönen, schreiet aus vollem Halse: kein Krieg, kein Menschenschlachten, keine Eroberungen. Deutsche und Italiener werden eure Brüder bleiben, so lange die Erde steht, wie lange aber noch wird Napoleons Dämon herrschen und wirken? Nur auf energische Weise kann der Krieg verhindert und das neue Gesetz rückgängig gemacht werden. Aber auch dies ist noch nicht hinreichend, der eiserne Wille der Volksstimme muß zum unüberwindlichen Instrument für immer werden; in alle Magistrate, in alle Aemter müssen Männer gewählt werden, die den Krieg hassen und den Frieden aus voller Brust wünschen; die Nation muß Herr ihrer Geschicke werden, und mit Energie der klerikalen und der Militär=Macht den Stachel nehmen. Hierüber in meinem Nächsten.

Basel, 23. Febr. Daß ich so ein Stückchen Politiker bin, davon glaube ich Sie überzeugt, daß ich aber auch ein wenig in der Phrenologie genascht, das zu erfahren, dürfte Sie doch wundern. Von der frühesten Jugend an war es mein Seelenvergnügen, die Werke der Schöpfung zu betrachten und zu studieren. Wie oft im Leben sprach ich schon zu mir selbst: „Welch' herrliches Gebäude ist nicht die Erde, welche ich bewohne, der Boden so prachtvoll geziert mit Gras, Blumen und Bäumen, bewässert mit Quellen und Flüssen, und das Dach darüber so weit und hoch gespannt und wunderbar verziert, welche Wunder nicht Sonne, Mond und Sterne enthalten!" So oft ich diese große Schöpfung bewunderte, sagte ich stets zu mir: „Wie erhaben mußt du Mensch in den Augen deines Schöpfers sein, wenn er für dich so ein reiches herrliches Gebäude geschaffen!" Die Bewunderung dieser Schöpfung befreundete mich mit einem Gotte des Lebens und Geistes, nicht einem Gotte der Ceremonien und äußerlichen Gepränge, sondern einem Vater Aller, der von mir nur das Herz verlangt. Es gibt viele Menschen, die sich das Studium der Natur zur Aufgabe machten und gewiß Großes auf diesem Felde geleistet haben und noch leisten werden, doch worüber ich staune, ist, daß so viele Philosophen zu beweisen sich bemühen, daß der Mensch, diese Krone der Schöpfung, nichts Anderes als ein veredelter Affe und unsere Bestimmung keine andere, als jene des Thieres sei. Man schneidet uns den Leib auf und vergleicht uns mit dem Schweine, man mißt unsere Schädel und stellt uns einem Affen gleich; wer hat aber noch je das Herz auf den Tisch gelegt und in diesem Organe die in ihm gewohnten edlen oder barbarischen Gefühle herausexperimentirt? In dem Menschen finde ich die Krone der Schöpfung, den Stolz und die Glorie Gottes, denn ihm gab er den Schlüssel zu dieser Erde, ihm schenkte er das Gebäude mit Allem was darauf ist, ihn machte er zum unumschränkten Herrn und ihm gab er den freien Willen, zu schalten und zu walten nach seinem Gutdünken. Lassen wir, bei allem freien Willen, aber einmal die Zeit, die zur Saat bestimmt ist, den schönen Frühling, unbenutzt vorüber gehen, wir werden gewiß kein Brod ernten, denn die Natur verlangt ihre Ordnung und ihre Pflege, wenn sie zu unserm Nutzen und zu unserm Vortheile ausgebeutet werden soll. Dann kömmt aus der Hand des Schöpfers Alles kräftig und stark, und zwar zum Genusse aller seiner Kinder. In Betreff des edelsten der Geschöpfe, des Menschen, trete ich als Opponent von zwei niedergelegten Grundsätzen auf. In der Bibel heißt es: Das Herz des Menschen ist schlecht von der Geburt (von Jugend auf) und dann sagt ein gewisser Italiener: tante teste tanti cervelli (so viel Köpfe so viel Sinne). Wie können wir es mit der Gnade und der Gerechtigkeit unseres Schöpfers vereinen, wenn wir so ein armes Kindlein in der Wiege betrachten, und uns sagen sollen, dein Schöpfer hat ein verruchtes Herz in deinen Körper gepflanzt. Muß da die Vernunft sich nicht empören und dagegen ihr Veto einlegen, nicht dagegen sagen, das Herz des Menschen wird nicht schlecht geboren, es wird vielmehr oft schlecht erzogen. Gott hat nicht Herzen erschaffen, um andere unschuldige Herzen auf dem Scheiterhaufen zu verbrennen und zu vernichten, denn das ist unmöglich von einem Gotte der Gerechtigkeit. Mit dem zweiten

Grundsätze, welcher zu einer Zeit aufgestellt wurde, als es noch keine Jesuiten gegeben hat, kann ich auch nicht einverstanden sein. Ich studirte viele Schädel und wenn ich dabei auch nicht die Schädelhöhle mit dem Maßstab gemessen habe, so habe ich die Larven genau studiert, wobei ich mit den Phrenologen nicht eines Sinnes sein konnte. Ich habe oft in Böhmen, in Frankreich, namentlich in der Bretagne, herrliche Schädel gesehen, schöne Züge, die Stirne hoch, das Auge offen, aber im Hirn war stockfinstere Nacht. Dann sah ich wieder kleine Schädel, mit niederer Stirne, eingebogenen Augen, aber im Innern des Kopfes leuchtete viel Licht. Wohl sind Charakter und Gesinnungen des Menschen verschieden, aber Vieles erklärt sich aus den Stammesgewohnheiten, der physischen Landesbeschaffenheit, der Nationalerziehung 2c., und diese schaffen wieder für ihre Kreise Gleichheiten oder Aehnlichkeiten, welche jenem Grundsatze widersprechen. Schaffet für das Edelste vor Allem, allgemeine Bildung, wofür alle Freisinnigen eintreten sollen, und Ihr werdet Gleichheiten schaffen, die vieles Böse und Unedle verbannen. Bildung edelt das Herz, der Kampf dafür ist der Weg zum Himmel, einen Weg, den die Menschen zu ebnen haben. Es sind dafür wohl noch harte Felsen zu durchbohren, doch für edle Ziele ist keine Arbeit zu schwer. Diese Aufgabe des Menschen ist groß, erhaben, der Kampf ein edler und der Sieg der Wahrheit desselben werth. Gott erschuf eine Sonne am Himmel, eine zweite müssen wir in unseren Herzen aufgehen lassen.

Bern, 18. Juli. Wer möchte es in Abrede stellen, daß Hohenlohe nicht wirklich der Mann der Zeit, der Mann des Fortschritts sei? Es ist leichter einer Krankheit im ersten Entstehen vorzubeugen, als sie zu heben, wenn sie sich einmal festgesetzt hat, es ist leichter einer mißlichen Handlung auszuweichen, als sich von ihr los zu machen, wenn man einmal in sie ver-

wickelt ist. So lange das Wasser noch klein, kann man den
Damm dagegen machen, ist aber einmal der Strom angeschwollen,
schwemmt er das schützende Erdreich sammt den neuen Arbeiten
hinweg, — das ist die einfache, klare Ansicht, die Hohenlohe im
Auge hatte, als er sein Circular wegen des Concils erließ, bis
jetzt hat er leider nicht reussirt. Der Scharfsinn, das Vergröße-
rungsglas, das aus der Ferne das Gute und Böse wahrnehmen
läßt, fehlt aber bei Vielen. Was kann die Welt von einem
römischen Concil heutzutage erwarten, sehen wir nicht die Un-
verschämtheit, die Anmaßung und die Keckheit des Jesuitismus
bei jeder Gelegenheit, wie das Unkraut aus der Erde sprossen.
Dem Concil von vornherein durch das Veto der Regierungen
ein mächtiges Halt gebieten, das wäre eine Sache vernünftiger
Praxis gewesen, was ein Theil der höhern Geistlichkeit aller
Länder dann gethan haben würde, ist leicht voraus zu sehen;
den Plänen des Jesuitismus wäre der beißende Stachel genommen worden und Rom hätte mit mancher Absicht Fiasco gemacht.
Doch der protestantische Beust will dem Jesuitismus nicht vor-
greifen, denn das ist der Punkt, wo er weiß, wie weit er in
Oesterreich gehen kann und will. Ein anderer Staatsmann
freilich, der Oesterreich auf gesunde Füße stellen will, ein Staatsmann, der Oesterreichs Völkern die Ketten abschlagen will, wäre
w o h l nicht zu dem Gedanken gekommen wie Beust, wir wollen
abwarten, was aus dem Vatikan kommt. Gerade in Oesterreich,
wo noch ³/₄ der Bevölkerung zu Gnadenbildern wallfahrten, in
einem Lande, wo die Pfaffen leider noch dominiren, da hätte ein
ehrlich freisinniger M i n i s t e r anders handeln m ü s s e n; doch
Beust zieht nach der Wetterfahne Frankreichs und Napoleon
wechselt Küsse mit Pius IX., die Pfaffen sind ungeachtet Alles
seine Freunde, wer dürfte es da wagen, in solchen Dingen vor-
zugreifen. — Daß das zweite Kaiserreich im Untergehen ist, liegt
klar am Tage. Ein Napoleon III., trotz seiner Millionen Mordinstrumente, muß sich vor dem Geiste der Zeit, vor dem Willen

des Volkes beugen, er entläßt seinen mächtigen Rouher — und will nachgeben. Nur eine Spanne Zeit ist es, als dieser Mann sich auf die Brust schlug und von seinem «Pouvoir fort» sprach, nach wenigen Stunden schon wird dieser ehemalige Carbonari demaskirt, als die Opposition ihm ein pouvoir fort entgegen= stellte. Im Jahre 1867 schrieb ich Ihnen, daß Napoleon in seinem eigenen Lande keine feste Stütze mehr hat, obwohl Sol= dateska und Pfaffen um seinen Thron sich schaarten, die Stim= men des Rechtes und der Wahrheit, welche in Frankreich er= tönten, begeisterten den edlern Theil der Bevölkerung, und dieser wird dem Despotismus gefährlich. Es ist kein Geheimniß, daß Napoleon der Art entmuthigt ist, und er im Augenblick nicht weiß, ob er nach rechts oder nach links sich wenden soll, er fängt an zu fühlen, daß seine mächtige Hand erlahmt, und daß die Worte, die auch er, der große Kaiser, spricht, im Winde ver= hallen. Nur zu gut empfindet er es, daß er allen Kredit auf der Bühne dieser Welt verloren hat. Napoleon rechnete, so wie einst die spanische Königin, die Pfaffen, die gemüthlichen Bürger, die Ruheliebenden à tout prix, und der Geschäftsmann, das sind meine Freunde, und oben drein stehen meine Kanonen, was Teufel, kann der Geist der Zeit da mir anhaben. Wie schmählich alle Despoten demaskirt wurden, das zeugte seiner Zeit das Exempel Elisabeths von England und heute das Napoleons, er hinkt bedeutend, doch dürfen wir auch den „Hinkenden" nicht aus dem Auge lassen und nicht vergessen, was bei einem Napo= leon III. ein Schwur, geschweige ein Zugeständniß sind; beim ersten guten Winde stößt Rouher wieder in's Horn, darum auf= gepaßt! — Der zweite Demaskirte ist unser guter Franz Joseph von Oesterreich, er hat der Welt gezeigt, wie ehrlich er es in seinem Herzen meint, mit dem Jesuitismus, der schon mehrmals das Land dem Ruine zugeführt hatte, zu brechen. Ich täuschte mich niemals über die Freiheit eines Beust. Er ist von dem= selben aufrichtigen Geiste beseelt, der in der Hofburg herrscht,

man weiß ja, wie hoch erfreut ein Franz Joseph, eine Erzher=
zogin Sophie über ein freiheitliches Oesterreich sind, und
trotzdem hören wir alle Tage die Wiener Blätter von dem Fort=
schritt Oesterreichs sprechen. Ein österreichisches Geschwornen=
gericht hat endlich einen Menschen, trotz Bischoffshut, als Auf=
rührer und Ruhestörer verurtheilt, der Kaiser aber sagt: Nein,
dieser Mann kann nicht verurtheilt werden, das ist ein Diener
Gottes, er hat Heil und Licht in meinem Lande verbreitet, er
und seine Kollegen haben bis zur Stunde meinen Thron gestützt,
er ist frei! Ist der Kaiser jetzt auch demaskirt oder nicht? Haben
wir nothwendig, noch darin zu zweifeln, was Beust eigentlich in
Oesterreich zu schaffen gesonnen ist? Wenn Beust ein Charakter,
wenn Beust ein Mann der Freiheit wäre, hätte er bei dieser
Begnadigung nicht seinen Ministertisch verlassen müssen? Wie
viele hunderte Mütter und Väter haben an dem Fuße des Thrones
um Gnade gebeten, doch Franz Joseph blieb taub, aber für einen
Bischoff ist er ganz Ohr und ganz Auge, und obendrein mit
Napoleon ein Herz und eine Seele, darum sitzt Beust fest und
wartet auf seine Tage. Wäre Franz Joseph durch einen ehrlichen
Mann belehrt worden, was das Interesse der österreichischen
Völker erheischt, dann bräche er mit dem Jesuitismus, dann
würden wir aber auch noch einen dritten Demaskirten erhalten.
Beust würde von der Bühne verschwinden, verachtet von den
Oesterreichern, verhaßt bei jedem guten Deutschen!

www.ingramcontent.com/pod-product-compliance
Lightning Source LLC
Chambersburg PA
CBHW022144020726

47496CB00008B/2541